LA VIE PRIVÉE [illegible]SÈNE LUPIN

DANS LA MÊME SÉRIE

Le Retour d'Arsène Lupin
Le Noël d'Arsène Lupin
Un amour d'Arsène Lupin

lemasque.fr

LA VIE PRIVÉE D'ARSÈNE LUPIN

Frédéric Lenormand

Éditions du Masque
17, rue Jacob 75006 Paris

Maquette et illustration de couverture : Raphaëlle Faguer.

ISBN : 978-2-7024-5081-9

Spécialiste du XVIIIe siècle et de la Révolution, **Frédéric Lenormand** a publié chez Lattès ainsi qu'au Masque Poche sa célèbre série sur les aventures de Voltaire. Il est aussi l'auteur des *Nouvelles Enquêtes du juge Ti*, traduit en plusieurs langues. Adoubé par les ayants droit de Maurice Leblanc, il redonne vie à Arsène Lupin dans cette nouvelle série de romans, dont *La Vie privée d'Arsène Lupin* constitue le quatrième tome.

Personnages principaux

Ferdinand Lorphelin, héritier
Aristide Lepère, oncle à héritage
Me Aumaric Filleul, notaire
Zéphyrin Petitfils, voisin de Ferdinand
Maurice Grandfrère, voisin de Ferdinand
Gaston Ganimard, commissaire de police
Sœur Incarnacion, religieuse
Théodore Béchoux, inspecteur de police
Adonie Bonnefille, amie de Ferdinand
Zébulon Cousin, danseur mondain
Dr Marcel Gamin, médecin
Ugolin de la Garçonnière, ami de l'oncle Aristide
André Papadopoulos, détective privé
Me Joséphin Legendre, avocat
Albert Lenfant, financier en fuite

1

Vol de nuit

Le mélange d'élégance et d'opulence qui caractérisait la façade à colonnes de l'Élysée-Palace, au bas de l'avenue des Champs-Élysées, illustrait à merveille la vocation de cet établissement. Dans le ballet des grooms en habit bleu nuit, le chasseur en manteau long à boutons dorés et haut-de-forme démesuré faisait figure de danseur étoile. Même le liftier ouvrait et fermait avec grâce la grille de l'ascenseur dont la grande aiguille en cuivre indiquait les étages. L'épaisseur des draperies et des tapis rendait cette agitation presque silencieuse, les hôtes n'en percevaient qu'un murmure ronronnant et chaleureux qui incarnait à lui seul la quintessence du luxe.

Enfoncé dans un large fauteuil en cuir anglais, un monsieur en habit de soirée lisait *Le Petit Parisien* et tirait sur un épais cigare bagué. Passé les premières pages consacrées aux ravages de la guerre qui venait de s'achever et à ceux de l'épidémie de grippe qui avait pris la suite, un article évoquait un mystérieux millionnaire rentré d'Argentine, M. Aristide Lepère, qui venait de céder un superbe diamant rouge pour une somme extravagante. Ce monsieur était réputé détenir un certain nombre de ces pierres, parmi les plus recherchées au monde, ce qui faisait de lui l'un des collectionneurs de gemmes les plus en vue.

Le prince Rénine referma son journal et expira une bouffée de son Upmann cubain. Il fit signe à un garçon et le pria de prévenir la direction qu'il désirait déposer des valeurs dans le coffre de l'hôtel.

Une petite conversation avec le directeur lui permit de vérifier qu'Aristide Lepère n'avait pas profité du même service. Rénine en déduisit qu'il conservait ses joyaux à la banque ou dans le coffre de sa suite. À sa place, laquelle de ces deux solutions Rénine aurait-il choisie ? Il aurait voulu rester en mesure d'admirer son trésor à tout moment. La suite que Rénine occupait à l'étage au-dessus possédait justement le même modèle de coffre, si bien qu'il avait eu tout loisir d'étudier le système de fermeture et de mettre au point une méthode d'ouverture qui n'exigeait ni clé ni combinaison.

— Qui est ce M. Lepère dont parlent les journaux ? demanda-t-il au directeur en lui confiant un écrin en métal ouvragé qui paraissait contenir les bijoux de la reine de Saba.

Le directeur répondit qu'il s'agissait d'un vieux célibataire sans enfants, à la réputation sulfureuse, mais lesté de pierres précieuses et qui louait à l'année.

Si Lupin n'avait guère de goût pour les vieux célibataires à la réputation sulfureuse, il nourrissait en revanche une passion pour tout ce qui était rare et brillant, notamment les diamants de couleur, si agréables à contempler quand on les possédait et si faciles à négocier quand on avait besoin d'argent. En outre, les hommes qui ont passé leur petite enfance avec des cailloux en guise de jouets estiment avoir réussi dans la vie quand ils sont parvenus à troquer les silex contre des carats.

Il était près de 23 heures quand la main gantée du prince Rénine versa un somnifère dans la tisane qu'un employé de l'hôtel montait à la suite présidentielle. Rénine n'eut aucun mal à distraire le larbin, un gringalet sur le retour qui faisait des efforts pour paraître plus jeune. En son for intérieur, le prince s'étonna de voir un tel hôtel employer des hommes qui dissimulent les outrages du temps sous une couche de teinture, il avait cru ces artifices réservés à la clientèle. En ces temps épidémiques, la direction était sans doute réduite à accepter des compromis pour compenser le départ des malades et des trépassés. Les gens à la fois capables de bien amidonner une chemise et de s'adresser à une duchesse dans les formes n'étaient pas légion. Rénine était bien placé pour le savoir, lui qui pouvait faire les deux en même temps, et aussi délester la duchesse de ses pendants d'oreilles sans qu'elle ressente davantage qu'un souffle d'air sur sa nuque.

De retour dans sa suite, Rénine échangea ses oripeaux de gentleman russe pour ceux de gentleman cambrioleur, plus seyants pour les projets qu'il avait en tête. Une sorte de périscope enfoncé dans le plancher lui permettait d'espionner le logement du dessous. Tout était plongé dans l'ombre : le locataire avait dû se coucher et la potion faire effet.

Une demi-heure plus tard, il descendit d'un étage, dans une tenue très similaire à celles des employés du palace. Il n'aurait pas aimé être arrêté habillé en valet, mais il avait parié avec lui-même que cela n'arriverait pas, et la livrée présentait l'avantage de lui procurer l'invisibilité : ébloui par les toilettes des dames, aucun client ne remarquait un subalterne vaquant à son service.

Le couloir était désert, et le tapis d'une assez bonne qualité pour lui permettre de danser la samba sans déranger quiconque. Il tira de sa poche l'arme absolue contre les portes closes. Les serrures avaient aussi peu l'habitude de résister à son passe-partout que les femmes à son charme de mauvais garçon bien élevé.

Les rideaux étant tirés et la lumière éteinte, la suite était plongée dans le noir. Lupin connaissait cependant par cœur la disposition des meubles, il avait eu la journée pour s'entraîner à circuler les yeux fermés dans la sienne sans heurter le moindre fauteuil bergère. Ses doigts gantés trouvèrent le coffre comme si leur rencontre avait été inscrite au ciel. Son stéthoscope dans les oreilles, il ne lui fallut qu'un quart d'heure d'efforts, à chatouiller ici et tâter là, pour obtenir de son interlocuteur en fonte la seule réponse qu'il désirait entendre : un déclic.

Les écrins étaient bien à l'intérieur. Lupin les remplaça par sa carte de visite. Avant de les enfouir dans sa besace, il voulut vérifier que ces joyaux étaient dignes de son attention et ouvrit l'une des boîtes… qui était vide. Ainsi que toutes les autres.

Cela n'avait pas de sens. Le vieux était-il de ces peureux qui préfèrent cacher leur bien sous un oreiller ou dans le sucrier ? L'obsession du cambriolage était la plaie des cambrioleurs : aucun monte-en-l'air ne tire gloire à devoir vider des placards de cuisine ou retourner des matelas.

Lupin poussa un soupir. Il fallait bien en passer par là, tout métier impose des servitudes. Résigné à faire le tour de la suite à la recherche de diamants qu'il considérait déjà comme sa propriété, il gagna la porte et appuya sur l'interrupteur.

La première chose qu'il vit fut le mur devant lui, décoré d'un sabre artisanal de fabrication précolombienne, sans doute un de ces souvenirs dont le collectionneur de retour d'Argentine avait encombré les lieux. Le support avait été prévu pour deux sabres croisés ; l'autre manquait.

Le regard de Lupin erra sur les autres curiosités de même origine qui peuplaient la suite, et s'arrêta sur un détail qui n'était pas un objet de collection mais un objet d'horreur.

Le deuxième sabre précolombien était planté dans la poitrine d'un homme affalé sur l'un des fauteuils. Dans le noir, Lupin l'avait frôlé sans le voir. Le mort était en sous-vêtements, le cambrioleur supposa qu'il se trouvait en présence de son hôte. Ce dernier paraissait une bonne soixantaine d'années, même si ses traits marqués et sa peau tannée le vieillissaient sans doute un peu. Son maillot de corps révélait des bras couverts de tatouages assez grossiers, dont le plus énigmatique représentait un cœur estampillé d'un A. C'était étonnant pour un riche bourgeois habitué aux résidences luxueuses. Était-ce là le millionnaire amateur de diamants rares ? On aurait plutôt dit un forçat en rupture de ban venu s'échouer dans un environnement inhabituel. Lupin était venu cambrioler Jean Valjean.

Sous le cadavre, le tapis était gorgé de sang. Lupin vit sur la table un dossier couvert de chiffres, de signatures et de tampons. C'était une recherche de collatéraux. Il semblait que le défunt avait tenté d'identifier les parents qui lui restaient. Pris d'une intuition, Lupin fourra ce document dans son gilet.

Il était sur le point de s'en aller lorsque quelqu'un frappa à la porte, doucement d'abord, puis avec insistance. Des gens se chamaillaient dans le couloir.

— Je vous dis qu'il dort, on lui a monté sa tisane.

— Réveillez-le ! Il pleut du sang dans mon salon !

Lupin éteignit et se posta derrière la porte juste avant que le directeur n'entre à regret.

— Monsieur Lepère ? appela ce dernier. Pardonnez-moi de vous déranger, il semble que nous ayons un problème de fuite.

— Un liquide rouge goutte du plafond ! dit un autre monsieur.

Dès cris éclatèrent dès que le directeur eut allumé l'électricité. Il ordonna à un valet de courir à la réception appeler la police. Pendant que tout le monde gardait les yeux fixés sur le cadavre, Lupin quitta sa cachette et se mêla aux curieux qui commençaient d'envahir le couloir. Ce fut l'effervescence dans l'hôtel ; une effervescence discrète, presque feutrée, mais quand même. L'endroit fourmilla bientôt de policiers qu'on avait hélés sur l'avenue. Quand le commissaire Ganimard arriva à une vitesse proche de celle de la lumière, le directeur venait de trouver la carte de visite dans le coffre vide.

— Encore un coup de Lupin ! s'écria Ganimard.

Le directeur crut que ce policier allait lui sauter à la gorge.

— Parlez-moi de vos clients ! exigea le commissaire. N'y a-t-il pas un étranger richissime, que vous n'aviez jamais vu auparavant, qui étale sa fortune avec ostentation, qui est venu seul ou avec peu de personnel, peu de bagages, et sans famille ?

— Il y a bien le prince Rénine…

Ganimard fondit sur la suite du prince Rénine à l'étage au-dessus, qui ne contenait qu'un petit bagage et un périscope planté dans le parquet.

— Fouillez tous les clients ! Que pas un ne m'échappe !

Comme un gardien de la paix en uniforme objectait qu'ils n'étaient que cinq pour accomplir cette tâche, Ganimard leur ordonna de se faire aider du personnel. Il n'était pas question de laisser l'assassin s'enfuir.

Le directeur de l'hôtel s'insurgea.

— Monsieur le commissaire ! Nos hôtes sont tous des personnes respectables qui n'ont pas l'habitude de ces traitements ! Nous avons même un légat du pape au troisième !

— Fouillez-les tous ! Dieu reconnaîtra les siens !

Au bord du malaise, le directeur saisit le bras de Ganimard et s'y accrocha comme un noyé à une planche pourrie.

— Des exactions ! Chez nous ! Je vous supplie de mettre fin à ce scandale, commissaire !

Ganimard lui tapota la main pour le rassurer.

— Rassurez-vous, la Sûreté parisienne ne manquera pas de mettre la main au collet d'Arsène Lupin !

— Non, je voulais dire : le scandale de vos hommes qui courent partout et qui indisposent nos hôtes. Nous avons une archiduchesse au premier, un ambassadeur au second et la bonne amie d'un ministre au troisième. C'est l'Élysée-Palace, ici, pas les couloirs de la P.J. !

Ganimard cessa de tapoter la main de l'injurieux personnage et s'efforça de libérer son bras.

— Vous oubliez que nous faisons régner l'ordre ! rétorqua-t-il. C'est grâce à nous si vos clients peuvent dormir en paix !

— Je ne vois pas qui pourrait dormir dans ce tintamarre, répliqua le directeur.

Un secrétaire russe, une femme de chambre allemande et un majordome anglais approchaient avec l'intention évidente de lui exprimer le déplaisir de leurs employeurs.

Un autre bruit que celui des semelles cloutées courut à travers l'hôtel : Arsène Lupin sévissait entre ces murs ! Le hall grouilla de voyageurs qui avaient découvert une attraction plus intéressante que le funiculaire du Sacré-Cœur.

— Arsèny Loupine ? répéta un grand-duc en exil.

— Arsenio Lopino ? demanda un importateur espagnol.

— Arson Leupine ? dit un lord écossais à monocle.

Une dame cria : « Ciel ! Mes bijoux ! », une autre s'évanouit dans les bras du chasseur à boutons dorés, tandis qu'une douairière dépliait son face-à-main pour scruter le vestibule à la recherche du bandit que nul n'avait jamais vu mais que l'on disait très beau garçon.

Ganimard leva les bras.

— Je vous en prie ! Pas de panique ! Lupin ne peut pas nous échapper ! D'ailleurs mes hommes vont vérifier vos identités et se livrer à quelques palpations pour vérifier que personne ne dissimule des valeurs volées !

Les policiers en uniforme sautèrent sur la clientèle du palace et la panique annoncée débuta.

Soucieux d'obéir aux ordres de la police, le valet Lupin prit la peine de palper deux ou trois milliardaires ventrus et de les alléger au passage de leurs montres en or, puis il se dirigea d'un pas tranquille vers la sortie.

Il ne l'avait pas encore atteinte quand un des messieurs palpés s'écria :

— Ma montre ! Au voleur ! Arrêtez-le !

Le doigt pointé dans sa direction l'empêcha d'emprunter la porte-tambour dont un gardien de la paix lui barrait l'accès. Il bifurqua vers l'escalier, qu'il gravit quatre à quatre. Seule la suite du meurtre était ouverte. Les policiers sur ses talons, il s'y engouffra, claqua la porte derrière lui et la cala avec une chaise.

Déjà des poings tambourinaient contre le battant. On n'allait pas tarder à l'enfoncer, à moins que le directeur ne se précipite avec son passe pour limiter les dégâts. Lupin fit le tour de ce piège à rat. Nulle échappatoire. L'étroite fenêtre de la salle de bains donnait sur un puits de lumière qu'il n'avait pas le temps d'escalader à mains nues.

Une idée lui vint. Il ouvrit une fenêtre sur l'avenue et, au moment où la porte cédait, il sauta dans le vide.

L'une des marquises qui servaient d'auvent aux baies vitrées du rez-de-chaussée le reçut comme un hamac dans son assemblage d'étoffe et de montants métalliques. Un rapide rétablissement lui permit de toucher le trottoir sans encombres. Il fit une dizaine de pas pour rejoindre une superbe torpédo à motorisation cylindrée capable de foncer à des 70 km/h et dont le chauffeur l'emporta tandis que Ganimard vitupérait à la fenêtre de la suite.

Lupin était au moins d'accord sur un point avec le directeur de ce bouge aux salles de bains plaquées de marbre : l'établissement n'offrait plus ni tranquillité ni sécurité. On s'y faisait assassiner comme au coin d'un bois. Ce n'était pas un lieu fréquentable, même par un gentleman cambrioleur.

2

L'assassiné habite au 21

Campé devant un de ces jolis kiosques vert bouteille dont le toit en forme de bulbe contribuait à donner à Paris son cachet particulier, Ferdinand Lorphelin parcourait les grands titres des journaux affichés sur le présentoir. L'assassinat commis deux jours plus tôt offrait au public une agréable diversion aux comptes rendus sur la troisième vague de grippe espagnole qui accablait l'Europe. Un peu partout dans le monde, de merveilleux remèdes voyaient le jour. *Le Matin* tâchait de donner de l'espoir à ses lecteurs en célébrant les vertus d'un produit antigrippal à base de quinine et d'arrhénal[1]. Ailleurs, on se fiait plus volontiers au sérum de Leclainche et Vallée, aux effets réputés miraculeux. La chimie poursuivait les malades au-delà de la maladie : à Besançon, un médecin-major ensevelissait ses grippés décédés dans un linceul de mousseline aspergée d'essence d'eucalyptus.

1. Préparation à l'arsenic censée soigner les tuberculeux.

Pour attirer les lecteurs que les promesses de la science n'enthousiasmaient pas, la presse disposait dorénavant d'un nouveau sujet : elle s'en donnait à cœur joie sur le thème de « Lupin assassin ! » avec ses variantes : « Le carnage de Lupin ! » ou « Les diamants qui rendent fou ! ».

Ferdinand fit l'achat de l'un de ces journaux – *Le Clairon* – afin de lire l'article sur le cambriolage raté qui s'étalait sur quatre colonnes. On pouvait consulter *in extenso* une lettre ouverte dans laquelle le bandit s'exprimait à la troisième personne, comme Jules César :

Lupin rappelle à messieurs les journalistes qu'il ne tue jamais. Il prouvera une fois encore qu'on l'accuse injustement et se fait fort de livrer les vrais coupables à la justice dans les plus brefs délais.

« Ferdinand en prend acte », se dit le lecteur. Suivait la réponse que Gaston Ganimard, récemment promu commissaire, avait faite aux journalistes venus l'importuner jusque dans la cour de la Sûreté. M. le commissaire avait bien voulu leur faire l'honneur d'une courte allocution au milieu des importantes occupations qui étaient les siennes, puisque l'on comptait sur lui depuis vingt ans pour mettre fin aux méfaits du voleur : « Ne doutez pas que la police parisienne saura maintenir l'ordre républicain ainsi qu'elle l'a toujours fait par le passé. »

L'exemple du passé faisait justement craindre des difficultés quant aux succès promis. Un reporter ayant demandé où en était l'arrestation de l'étrangleur des Batignolles qui sévissait depuis l'armistice, Ganimard avait mis un terme à l'entretien pour retourner à ses obligations urgentes.

Ferdinand replia le journal, le coinça sous son bras et regagna son domicile. Il portait la tenue passe-partout des cent mille employés de bureau qui montaient comme lui, chaque matin, dans un wagon de métro ou dans un tram pour aller prendre leur poste de gratte-papier, et qui faisaient chaque soir le même chemin en sens inverse pour retrouver leur logis, leur épouse dévouée et leurs enfants, reconnaissants des efforts déployés sans relâche par leur père pour leur assurer un toit, un couvert et une éducation destinée à faire d'eux d'excellents citoyens comme lui.

Dans le cas de Ferdinand, l'épouse et la progéniture reconnaissante manquaient encore, mais il ne doutait pas qu'après avoir remboursé l'emprunt qui lui avait permis d'acquérir son mobilier en placage de bois exotique véritable il ne puisse compléter la décoration de son deux-pièces-cuisine par l'acquisition d'une compagne grâce à qui il achèverait de se fondre dans la masse des gens utiles et obéissants.

C'était un homme d'un peu moins de trente ans à qui son col dur, son chapeau melon et son expression sérieuse faisaient paraître davantage. Les épouses en devenir l'auraient jugé bien fait de sa personne si ses petits lorgnons, sa petite moustache et son dos déjà voûté ne lui avaient adjoint une bonne dose d'insignifiance qui ne faisait rêver personne.

Il venait à peine d'enfiler ses charentaises en laine et sa robe d'intérieur doublée quand on frappa à la porte du palier. Le visiteur était un personnage en costume sombre et chapeau assorti qui arborait sur la figure une expression encore plus sérieuse que la sienne.

— Bonjour monsieur, dit le visiteur. Je suis Aumaric Filleul, votre notaire.

— Ce doit être une erreur, je n'ai pas de notaire. Vous vouliez sans doute aller chez mon voisin du dessus, le juriste.

Me Filleul consulta un papier couvert de notes dactylographiées.

— Vous êtes bien Lorphelin Ferdinand, né à Latronche, département de la Corrèze ?

Ferdinand dut admettre que ces informations étaient exactes, aussi voulut-il bien supposer que celle concernant ses relations avec un notaire l'était également. Il fit entrer l'homme de loi en se demandant quelle tuile allait tomber dans le jardinet si bien tenu de sa vie privée.

L'intérieur dans lequel pénétra le notaire était absolument dénué de personnalité. Les murs étaient nus et les meubles au vernis clinquant semblaient avoir été acquis la veille. Tout cela lui rappela le pavillon de sa tante Mathilde, à Gennevilliers, les napperons de dentelle en moins.

— J'ai eu un peu de mal à vous situer à cause de votre changement d'adresse. Je me suis d'abord rendu à votre ancien domicile.

Ferdinand l'invita à s'asseoir dans l'un des deux fauteuils-tonneaux estampillés « faubourg Saint-Antoine ».

— Puis-je savoir ce qui vous amène ? demanda-t-il en prenant place face à son visiteur.

— Peut-être aurez-vous appris le décès de votre oncle Aristide Lepère ? dit le notaire.

Ferdinand était d'autant moins au courant de ce décès qu'il ignorait avoir un oncle. Il se croyait seul au monde depuis le décès de sa chère mère, emportée par la première vague du mal ibérique. Me Filleul déclara qu'il était mandaté par feu M. Lepère Aristide, domicilié à l'hôtel Élysée-Palace, 21 avenue des Champs-Élysées.

— Rappelez-moi votre âge ? demanda-t-il en triant ses papiers.

— J'ai vingt-sept ans.

Me Filleul mit la main sur la feuille adéquate, lut une date et fit un bref calcul mental.

— Plutôt vingt-huit, si j'en juge par votre date de naissance.

— Ça change tout le temps, dit Ferdinand.

Le notaire glissa sur cette incongruité et apprit à l'homme qui oubliait la date de son anniversaire que M. Lepère Aristide avait financé une recherche généalogique afin d'identifier son plus proche parent vivant. La consultation des registres d'état civil de huit départements avait permis de déterminer que c'était lui, Lorphelin Ferdinand. Dans la foulée, il lui présenta ses condoléances.

— Je vous remercie, répondit poliment l'endeuillé.

— Il y a une bonne nouvelle dans votre malheur, reprit le notaire.

— Ah ? fit Ferdinand, qui n'avait pas bien vu où était son malheur.

Rien ne s'opposerait à ce qu'il hérite de son oncle dès que les formalités administratives auraient été accomplies, ce qui ne pouvait tarder, vu la diligence proverbiale de l'étude Filleul et Associés. Tandis que le notaire consultait les pièces d'identité de l'héritier présomptif, ce dernier le remercia de s'être déplacé en personne pour lui annoncer la bonne triste nouvelle.

Ayant vérifié que son interlocuteur était bien la personne en question, le notaire se lança dans des explications généalogiques qui formaient visiblement le cœur de sa vocation notariale.

— Votre arrière-grand-mère Marie Frère... Vous l'avez connue, peut-être?

— Non, je regrette.

— Ah. Donc, votre arrière-grand-mère s'est mariée deux fois. Elle a eu du second mariage un fils qui, quant à lui, a convolé trois fois. L'épidémie de choléra de 1875 ne lui a laissé qu'un enfant, votre père. Avant de succomber lui-même à la fièvre jaune lors d'un séjour en Sicile il y a vingt ans – arrêtez-moi si je me trompe –, cet homme a engendré un unique bébé, et nos recherches ont établi sans conteste que vous êtes ce bébé.

— C'est moi le bébé, confirma Ferdinand.

— Ainsi donc, vous êtes lié au quatrième degré à M. Lepère par la cousine de son grand-père Anatole, ce qui fait de vous, voyons, quel est le mot exact...

— Un homme riche?

— J'allais dire son arrière-petit-neveu par alliance, mais votre formulation est exacte aussi.

— Ainsi, tonton m'a tout laissé?

— Il ne vous a pas nommément cité, mais comme ses instructions testamentaires prévoyaient de transférer l'ensemble de ses biens à son plus proche parent, vous êtes en quelque sorte le gagnant de cette grande loterie familiale.

— C'est la première fois que je gagne aux jeux de hasard. D'habitude je n'ai aucune chance, c'est quasi une malédiction.

— Cette fois, votre bonne étoile a fait son travail, dit Me Filleul. Vous avez décroché le gros lot.

Le notaire ayant prononcé ces derniers mots avec un très net enthousiasme, Ferdinand voulut savoir à combien se montait ce gros lot.

— Connaissez-vous l'Argentine ? demanda Me Filleul.

— Pas personnellement.

Il se trouvait que l'oncle Aristide y avait séjourné juste assez longtemps pour faire fortune. Depuis son retour, il occupait une suite à l'Élysée-Palace, grand hôtel de la célèbre avenue.

— Dois-je comprendre que mon malheureux oncle a succombé à l'épidémie ? s'enquit Ferdinand.

À cette évocation, le notaire s'écarta un peu, comme chaque fois qu'on mentionnait le terrible fléau.

— Eh bien… presque. Sa santé n'était pas très brillante, il se savait destiné à contracter la grippe, mais une autre calamité l'a frappé avant. Avez-vous entendu parler d'Arsène Lupin ?

Les articles que Ferdinand venait de parcourir d'un œil distrait lui revinrent en mémoire.

— Vous ne voulez pas dire que…

— Si ! C'est un drame épouvantable !

On avait retrouvé son oncle sans vie dans sa suite princière, et ses diamants avaient disparu en même temps que le gentleman cambrioleur.

Le moral de Ferdinand s'assombrit. S'il en croyait la presse, il avait perdu la plus belle part de son héritage avant même de l'avoir possédée.

Le notaire s'efforça de le rassurer. Le défunt venait de céder un des diamants de sa collection, l'argent avait été placé en actions des chemins de fer du Nord, conservées dans le coffre d'un établissement financier reconnu, ce dont Ferdinand déduisit qu'il était le neveu de la Banque de France.

Pour ce qui était des pierreries, on pouvait compter sur la célérité des forces de l'ordre. À en croire les déclarations du commissaire Ganimard, c'était une question de jours, peut-être d'heures. L'abominable Lupin avait perdu la tête, il ne tarderait pas à commettre l'erreur fatale qui permettrait de lui enfoncer le cou dans la lunette de la guillotine.

— Je me fie à vous, dit aimablement Ferdinand.

Le testament prévoyait seulement que l'héritier fasse dire trois messes pour l'âme de son bienfaiteur et qu'il crée un fonds en faveur des vieux malfrats repentis.

— Tiens donc ? dit l'héritier.

Il lut dans les yeux du notaire la même gêne que ce souhait suscitait en lui. Cet intérêt pour le sort des vieux malfrats jetait une ombre sur la moralité du testateur revenu d'un continent lointain les poches pleines. Le neveu à la mode argentine espéra qu'il n'hériterait pas de l'opprobre et de la suspicion en même temps que d'une promesse de fortune. Restait à savoir à quelle date il pouvait espérer liquider ses actions des chemins de fer du Nord.

Malgré la diligence de l'étude Filleul, ce n'était pas pour tout de suite. En plus des démarches ordinaires, une décision de justice serait nécessaire pour clore la succession. Ferdinand saisit le non-dit : il s'agissait de lever les soupçons qui pesaient sur lui en tant que bénéficiaire providentiel de l'assassinat. Cet héritage devenait de plus en plus sympathique.

— Ne vous inquiétez pas, promit Me Filleul, je me fais fort de vous faire entrer en possession de vos avoirs dès que ces messieurs du Quai et du Palais auront éclairci la situation. Vous pouvez d'ores et déjà vous considérer comme millionnaire !

« Ou comme un forçat promis au bagne », se dit l'héritier.

Ferdinand crut devoir accompagner son bienfaiteur en bas de l'immeuble pour lui renouveler sa gratitude devant la porte cochère. Ce n'est pas tous les jours que des inconnus débarquent chez vous avec des oncles et des diamants sortis du chapeau d'un prestidigitateur.

Comme le notaire s'étonnait de son changement d'adresse, Ferdinand expliqua qu'il s'était récemment installé ici après qu'une inondation avait rendu son logement inhabitable. Par chance, cet appartement lui était pour ainsi dire tombé dessus au lendemain de la catastrophe.

La maison était habitée par d'autres célibataires avec lesquels il entretenait des relations aussi cordiales que « Bonjour » et « Bonsoir ». Deux d'entre eux rentrèrent justement alors que l'héritier tenait la porte ouverte pour regarder son bon ange s'éloigner sur le trottoir. L'un se nommait Zéphyrin Petitfils, un employé de banque, et l'autre Maurice Grandfrère, greffier au Tribunal de commerce. Comme ces messieurs s'étonnaient de son air ahuri, il leur fit part du bonheur dont il était frappé : son oncle venait de mourir.

La nouvelle que son deuil était serti de diamants intéressa immédiatement le banquier. Ferdinand fut submergé par un torrent de suggestions d'investissements qui allaient du type « père de famille » à « l'aigle des montagnes qui sait frapper au bon moment pour saisir les bénéfices dans ses serres ».

— Mais laissez donc ce garçon en paix ! s'écria le greffier. Il a hérité une petite somme, tant mieux pour lui !

— Une petite somme en bijoux et en actions, précisa Ferdinand.

La physionomie de Maurice Grandfrère passa de « protecteur compatissant » à « affamé qui repère un sandwich à l'horizon ».

— Cher ami, vous allez avoir besoin de conseils avisés. Il se trouve que j'étudie le droit depuis trente ans.

— Revenez le voir quand vous aurez fini d'étudier, le railla le banquier. Ce dont a besoin notre ami, en ce moment, c'est d'un bon verre pour se remettre.

— Je ne dirais pas non, admit Ferdinand.

— Très bien, dit Zéphyrin Petitfils. Montons chez vous. Qu'avez-vous à offrir ?

Cinq minutes plus tard, ils étaient installés dans son mobilier plaqué, une petite fine à la main. Ses nouveaux amis étaient aussi généreux en recommandations que lui en liqueurs fortes. Pour commencer, ils lui conseillèrent l'un et l'autre de ne pas se fier à ce notaire sorti d'on ne savait où. Il lui fallait quelqu'un de sûr pour gérer son bien. Quelqu'un qu'il fréquentait déjà depuis plusieurs jours, qu'il puisse contacter facilement et qui ne jurerait que par ses intérêts. Zéphyrin Petitfils se déclara tout indiqué pour le poste.

— Ma première décision consistera à renvoyer le notaire. Je peux très bien m'occuper de tout ça pour moins cher.

— Qu'allez-vous faire de votre argent? demanda Maurice Grandfrère. C'est un sujet sérieux. Nous devons en discuter.

Ferdinand fut ébahi par le changement que cette simple visite avait produit dans sa vie. La veille, il était démuni et sans famille; aujourd'hui, il se voyait riche et les amis naissaient sous ses pas comme les pissenlits.

— J'espère que vous comptez investir au plus tôt, dit le banquier.

— Laissez donc vos actions où elles sont, dit le juriste, ça vous protégera des aventuriers.

— Quels aventuriers? dit M. Grandfrère. Pour l'instant, je ne vois pas qu'il ait grand monde à craindre.

Les deux hommes échangèrent des regards suspicieux, puis se mirent à discuter dans un jargon juridico-financier difficile à suivre. Ferdinand eut l'impression d'assister à la bataille de deux sorciers qui s'envoyaient des mauvais sorts à la tête.

Il en profita pour s'esquiver. Il avait besoin de respirer à l'air libre, la marche à pied l'aiderait à réfléchir. Il fit mine d'aller chercher des glaçons à la cuisine, prit son paletot et referma la porte très doucement.

Il avait des amis, il avait de l'argent… Abondance de biens ne nuit pas, disait le proverbe. Mais elle créait un tourbillon de nouveaux soucis auxquels il n'était pas préparé.

3

Quai des brutes

Ferdinand descendait tranquillement la rue de Sarajevo, la tête remplie de plans sur la comète et de châteaux en Espagne, quand une Citroën modèle 1911 qui le suivait depuis un moment s'arrêta à sa hauteur. Deux hommes vêtus de costumes étriqués en descendirent, l'agrippèrent et le poussèrent à l'arrière du véhicule avant de prendre place côté portières.

Le kidnappé avait entendu dire que la criminalité remontait en flèche depuis la fin de la guerre, il ne se doutait pas qu'on en était déjà aux enlèvements en plein jour.

— Que me voulez-vous ? demanda-t-il aux malfrats. Ce doit être une méprise. Je m'appelle Lorphelin, je suis employé aux inscriptions chez Dubuisson Frères, clous et vis en gros !

Cette information rendit ses ravisseurs goguenards.

— Lorphelin la Malice ? dit l'un.

— Lorphelin les doigts d'argent ! suggéra un autre.

— T'agite pas comme ça, dit celui qui conduisait. T'es attendu au quai des Orfèvres.

Bien qu'il jugeât qu'il y avait au contraire de quoi s'agiter, Ferdinand voulut bien prendre son mal en patience.

Un quart d'heure plus tard, ses ravisseurs le poussèrent à l'intérieur d'un bureau. Une plaque de cuivre vissée sur la porte indiquait « Commissaire Gaston Ganimard ». Le plancher sentait le Cresyl, un produit autrefois utilisé pour désinfecter les toilettes que l'on versait partout en abondance depuis l'épidémie. Un gros ventilateur posé sur un meuble était censé disperser les miasmes. Un homme à la mine bourrue prenait des notes entre une pile de dossiers et un cendrier plein.

— Alors c'est toi, le neveu ! dit-il quand on eut fait asseoir le suspect sur une chaise en bois.

Comme Ferdinand ne répondait rien, le commissaire se pencha vers lui.

— Est-ce que le nom de « Pépé la Malice » te dit quelque chose ?

— Rien du tout, ce n'est pas mon milieu.

— Je crois bien que si, Lorphelin. Ne fais pas ton mariole avec moi ! Pépé ne t'aurait pas refilé son blé si tu n'étais pas de la baraque !

— De la baraque ?

— De sa bande.

La suspicion était aussi risible qu'inattendue.

— Ah tiens ! dit l'apprenti mafieux. En voilà bien d'autres !

Le commissaire tira une feuille du dossier posé sur le dessus de la pile et lut un paragraphe.

« Aristide Lepère, dit Pépé la Malice, trois condamnations pour vol, déporté, évadé, réfugié à Buenos Aires, gracié l'an dernier par la justice française et rentré en France muni d'une fortune en diamants. »

Ferdinand tomba des nues. Tonton n'avait pas fait fortune en Amérique latine comme l'avait prétendu le notaire ! Il avait vécu d'expédients sous des faux noms, s'était livré à des trafics inavouables avant de changer une dernière fois de continent. Ferdinand était le neveu d'un truand.

Un autre policier à moustaches passa la tête dans l'entrebâillement de la porte.

— On avance sur le meurtre Lepère ?

— Je suis dessus, monsieur le principal, répondit Ganimard. J'interroge un suspect.

— Très bien, dit la tête avant de retourner d'où elle venait.

Ganimard considéra son suspect de l'œil d'une buse qui se demande par quel morceau elle va attaquer le mulot.

— Le meurtre ? répéta le rongeur.

— Joue pas avec moi, Lorphelin. On sait à qui profite le crime : aux héritiers impatients qui trucident tonton pour débloquer l'héritage. Où étais-tu la nuit du 20 ?

Ferdinand n'eut pas le loisir de se remémorer où il était la nuit du 20. La seule chose certaine, c'était que, l'après-midi du 30, il était évanoui sur le plancher d'un bureau de la Sûreté parisienne. Ganimard rouvrit la porte et demanda à deux hommes en képi de lui ranimer son suspect.

— Encore ? dit l'un d'eux. Ils ne sont plus aussi solides qu'avant. C'est fou ce qu'on pouvait leur faire sans qu'ils tournent de l'œil. Aujourd'hui, la moindre gifle gentille et ils poussent des cris de fillettes.

— Je ne l'ai pas touché, se défendit Ganimard. Il appartient à la pire catégorie : les émotifs. Donnez-lui une ou deux baffes pour voir s'il simule.

Les baffes eurent le mérite d'extraire l'évanoui de son coma. Ganimard dut bien s'avouer que ce Lorphelin n'était pas très crédible en tueur sanguinaire. Il ferait très mauvais effet en cour d'assises s'il s'avisait de perdre connaissance chaque fois qu'on évoquerait son méfait. Le commissaire se dit qu'il avait intérêt à débusquer un autre candidat s'il voulait faire tomber sa douzième tête et égaliser le score avec Martineau de la préfecture, le bâtiment d'en face.

— En l'état actuel des choses, c'est vous qui profitez du crime, reprit-il quand le suspect se fut rassis. Sauf pour les diamants, évidemment. Ils sont certainement dans la poche d'Arsène Lupin. Mais rassurez-vous : dès que nous aurons identifié sa planque, vous récupérerez vos biens, de même que quelques centaines d'autres plaignants. Ça vous fera une petite rente, à la Santé. À propos, connaissez-vous Arsène Lupin ?

— J'ai lu ce nom dans la presse. N'est-ce pas ce voleur que les journalistes ont surnommé « le gentleman cambrioleur » ?

La formule était malheureuse, Ganimard semblait y être allergique.

— Il n'y a pas de gentleman cambrioleur ! Il n'y a qu'un délinquant promis aux travaux forcés !

À l'en croire, Aristide Lepère avait été tué par Arsène Lupin, c'était pourquoi on l'avait chargé de l'enquête. Il était le seul policier de France à avoir réussi à mettre ce caméléon sous les verrous, même pour une courte période. Depuis lors, chaque fois que le plus célèbre détrousseur de France contrariait l'ordre public, Ganimard s'auto-chargeait de l'enquête et nul ne s'avisait de la lui disputer.

— Pépé la Malice a été tué d'un violent coup de sabre au travers de la poitrine.

— Mon pauvre oncle ! dit Ferdinand.

— Je répète ma question : où étiez-vous la nuit du 20 ?

— J'étais chez moi, comme tous les soirs.

— Quelqu'un peut-il en témoigner ?

— Mes voisins, sûrement. Et peut-être mon concierge.

— Que vous a dit votre notaire ?

— Que mon oncle collectionnait les pierres précieuses…

— Collectionneur, je ne sais pas, mais casseur de cailloux, c'est sûr. Il avait séjourné en Guyane.

— Mon oncle était un chef de bande ?

— Un franc-tireur, plutôt. Incorrigible récidiviste. Vous connaissez le barème : au troisième délit, dix ans de travaux forcés.

Ferdinand comprit mieux pourquoi personne n'avait jamais mentionné tonton à la maison. Après avoir fui le bagne à travers la jungle, Pépé la Malice avait gagné l'Argentine, qui n'extradait pas. Il avait obtenu sa grâce Dieu sait comment et était rentré en France pour mener la grande vie dans un palace.

Ferdinand s'extasia.

— Je suis le neveu du comte de Monte-Cristo !

— Ça dépend du point de vue. Tant que nous n'avons pas récupéré vos diamants, vous êtes le neveu d'un repris de justice.

— Quelle honte pour moi !

— Ne vous plaignez pas. Si vous connaissiez l'oncle de mon greffier ! dit le commissaire en inclinant la tête en direction d'un monsieur chauve qui notait l'entretien dans un coin de la pièce. Le pauvre n'a même pas eu la consolation de se voir léguer des lingots !

— Ah, ça, non, dit le greffier sans cesser d'écrire. Pas de lingots. Juste la honte.

— Allons, Michard ! dit Ganimard. L'échafaud c'est le nouveau podium du tour de France !

— Si seulement mon oncle avait pu manier la bicyclette au lieu du révolver ! dit Michard.

Bref, Pépé la Malice avait quitté la France comme un pouilleux, les fers aux pieds ; et voilà qu'on le retrouvait cousu d'or dans des draps de soie, mais sabré.

— Voyez l'ironie du destin ! Un type qui a mené une vie horrible, qui revient en nabab et qui se fait buter l'année suivante !

— En quoi suis-je concerné, commissaire ?

— Nous aimerions savoir d'où Pépé la Malice tenait sa fortune.

— Je l'ai très peu connu, vous savez, dit Ferdinand.

Il n'avait aucune idée de l'origine des diamants, il pouvait seulement renseigner le commissaire sur la direction qu'ils allaient prendre : celle de sa poche.

Ganimard n'entendait pas laisser son suspect jouir en paix de biens probablement issus d'activités délictueuses.

— Peut-être s'agit-il des économies réalisées pendant toutes ces années où il était l'hôte de la République française à Cayenne ? suggéra Ferdinand.

— Continuez dans ce goût-là et nous vous offrirons le gîte et le couvert à vous aussi.

Ferdinand commençait à se dire que son oncle lui avait légué deux cents carats d'ennuis et des problèmes en barres. Pour l'instant, les désagréments constituaient sa seule avance d'hoirie. Son notaire le prenait pour un millionnaire, ses voisins pour un pigeon et la police pour un malfrat ! Son identité s'était dissoute dans les millions.

— Bon, dit Ganimard. En attendant de faire confirmer votre alibi par vos voisins, nous allons vous garder au frais. Vous verrez, nos caves sont très fraîches, nous y rangeons les caisses de bons crus saisies par les douanes. Allez, passons aux formalités de la procédure !

— Je proteste ! dit Ferdinand.

— Très bien, c'est prévu par la procédure. Commencez par vider vos poches.

Le prévenu déposa sur le bureau le contenu de son veston. Hormis son permis de conduire, un crayon et trois bonbons à la menthe, il s'y trouvait un carton oblong plié en deux. Ganimard le déplia, lut ce qui y était imprimé et poussa un juron.

— Sac à papier ! Vous ne pouviez pas le dire tout de suite ?

Comme Ferdinand restait muet, le commissaire lui mit sous le nez le bout de carton.

— Un billet de théâtre. Pour la soirée du 20 ! Vous avez des pertes de mémoire ou quoi ? Pourquoi ne pas l'avoir dit ?

Ferdinand fut tenté de répondre que c'était parce qu'il n'en savait rien mais jugea plus prudent de garder un silence contrit.

— C'était bien, *Les Folies de Patagonie* ? « Grande revue sud-américaine au Folies Bergère »... Ça devait lever la jambe, dites donc !

— Oui, oui, dit vaguement l'amateur de revues, qui aurait été bien en peine de dire quelle jambe.

Il n'était plus question de détention dans la cave, mais Ganimard le mit en garde : être relâché n'était pas forcément une bonne nouvelle. Personne ne pourrait le protéger de Lupin, ce maelström de délinquance. À partir de désormais, il devait se méfier de tout un chacun ! Ne plus faire confiance à quiconque ! Toute personne qui l'aborderait pourrait être Lupin ou un de ses complices ! Lupin s'était infiltré à l'Élysée-Palace sous l'identité d'un prince russe : qui pouvait prédire quelle serait sa prochaine usurpation ? Il était capable de se présenter comme un humble ouvrier, un chef d'entreprise, un... un...

— Un policier à moustaches ? compléta Ferdinand.

— Pourquoi pas ? Lupin est irrésistiblement attiré par les rôles brillants, valorisants, dignes d'envie !

Ferdinand se promit de se tenir sur ses gardes si jamais le président de la République sonnait à sa porte, on ne le prendrait pas au dépourvu.

— De toute façon, je vais assigner un de mes hommes à votre sécurité, il se livrera à une surveillance discrète de vos allées et venues.

Ferdinand comprit que sa petite personne n'était pas tout à fait sortie du collimateur de la police. Il cesserait d'intéresser M. Ganimard quand il aurait été lavé de tout soupçon ou quand il aurait été assassiné, à l'instar de son oncle. Restait à voir laquelle de ces deux solutions choisirait le dieu facétieux qui présidait à son destin.

À deux pas de la Sûreté, une colonne Morris en forme de clocher orthodoxe affichait une réclame pour *Les Folies de Patagonie*. Une femme couverte de plumes d'autruche pour tout vêtement levait la cuisse très haut entre deux prêtres incas emplumés aussi.

Il se demanda comment ce billet providentiel était arrivé dans sa poche. Quel genre d'homme était disposé à dépenser vingt francs pour voir se trémousser des femmes dont la moitié du corps était constituée d'une paire de jambes sur talons hauts ? Il avait eu de la chance d'échapper à un alibi fourni par le pétomane du Moulin Rouge.

4

Le mystère de l'Incarnacion

Enfin de retour aux abords de son domicile, ce havre de paix où nul ne s'était encore permis de l'accuser d'assassinat, Ferdinand vit, sur le trottoir, une religieuse en robe noire et coiffe blanche empesée qui semblait attendre quelque chose. Un cartable posé sur les genoux, elle était assise sur une malle couverte d'étiquettes aux noms de paquebots et de villes lointaines. Il crut qu'on allait le prier de contribuer à ces missions chrétiennes où les petits enfants recevaient l'excellente éducation grâce à laquelle ils seraient un jour en mesure de contester le pouvoir colonial qui la leur procurait. Son porte-monnaie était dans la poche droite de son veston, toute la question était de savoir si la nonne serait assez habile pour le lui faire ouvrir.

Aussi fut-il très peu surpris de s'entendre héler lorsqu'il passa devant elle pour entrer dans son immeuble. Ce qui l'étonna, ce furent les termes qu'elle employa.

— C'est toi, lé névé? demanda-t-elle avec un accent espagnol à couper à la pelle à paella.

Le respect envers les gens d'Église qu'on lui avait inculqué quand il était petit l'incita à répondre poliment à cette interpellation.

— Plaît-il ?

— Yé souis Maria Costanza Isabela Balsamo y Gomez. Mais tou pé m'appeler sœur Incarnacion. Yé souis vénoue pour toi.

— Plaît-il ?

— Yé souis ta gouvernante.

— Vous devez vous tromper, ma sœur.

— Mon pétite Fernandino ! Y'étais au service de ton pauvre oncle. Y'étais son infirmière, sa garde-malade, sa dame dé compagnie, tout ça... Il voulait qué yé reste avec son héritier, cé dans lé testament. Lé notaire né té l'a pas lou ?

Du testament, l'heureux héritier ne se rappelait que le mot « diamants ». Me Filleul avait dû citer la gouvernante alors que son auditeur était plongé dans le brouillard de la stupeur joyeuse. Ce dernier contempla avec consternation la part d'héritage en robe de nonne parvenue jusqu'à lui par des voies moins impénétrables que celles du Seigneur. Soucieux de mettre un terme au malentendu, il bredouilla que ses moyens ne lui permettaient pas d'entretenir une employée.

— Oui, yé sais qué tou n'as pas lé diamants, dit sœur Incarnacion. Yé pé t'aider à les rétrouver.

Ferdinand se dit qu'après tout il n'éprouvait aucune passion pour les tâches ménagères. Et puis ce n'était pas le moment de contrarier le Bon Dieu, à qui il devait tant, en laissant une de Ses épouses sur le carreau. Il fallait savoir mériter les bienfaits qui pleuvaient sur vous, même si cela impliquait d'être bon envers son prochain. Par ailleurs, elle était la première personne susceptible de lui parler du cher tonton Aristide, ce serait l'occasion d'en apprendre davantage au sujet de son bienfaiteur.

Maurice Grandfrère sortit à ce moment de la maison comme s'il partait faire une course urgente. Mais il s'immobilisa devant eux, ce qui donna plutôt à penser qu'il les avait espionnés à l'abri de ses rideaux jusqu'au moment où la curiosité avait été la plus forte. Ferdinand en profita pour solliciter son aide : il devait monter chez lui la malle de sa nouvelle gouvernante.

— Ah, fit le juriste en regardant la nonne se lever de dessus cette caisse gainée de cuir et bardée de métal. Vous n'avez pas perdu de temps pour engager du personnel.

On devinait que, s'il avait été à la place de l'héritier, une religieuse n'aurait pas été son premier choix.

— Bonjour, ma sœur, leur lança le concierge quand ils passèrent devant sa loge.

— Bonneyour, bonneyour !

Il s'offrit à les aider, c'était l'occasion de se mettre bien avec les institutions millénaires qui avaient forgé la France, mais l'étroit escalier ne laissait guère de place pour tirer ou pousser.

— Ça va aller, répondit la religieuse, nous ne montons pas au ciel.

— Tant mieux, répondit le juriste, parce que nous ne sommes pas sur l'échelle de Jacob[1].

1. Dans l'Ancien Testament, Jacob voit en rêve une échelle grâce à laquelle des anges vont et viennent depuis le ciel.

Ils avaient presque atteint le palier quand le voisin demanda de qui il avait l'honneur de hisser les bagages.

— Yé souis sœur Incarnacion.

— Vous recrutez dans les missions? demanda-t-il à Ferdinand. Voulez-vous que je vous conseille en matière d'embauche? On m'a toujours dit que j'avais le jugement très sûr.

Il posait sur sœur Incarnacion un regard plein de circonspection, comme il l'aurait fait avec toute personne venue s'interposer entre l'héritier et lui. Ferdinand expliqua que cette sainte femme avait eu la bonté de prendre soin de son oncle infortuné jusqu'à sa fin tragique.

— Puis-je vous demander à quel ordre vous appartenez, ma sœur? demanda Maurice Grandfrère.

— À céloui des Visitandines de Málaga, répondit Incarnacion. Nous sommes au service des malhéré.

— Des malheureux qui vivent dans les palaces? traduisit le greffier.

— Il n'y a pas qué lé dénouement physique, il y a aussi les douleurs morales, rétorqua la providence des nantis.

Maurice Grandfrère lâcha soudain la malle, qui dévala l'escalier.

— Ça pue le coup monté, dit-il à l'héritier en désignant la nonne d'une main désormais libre. Fichez-la dehors!

— Oune coup monté? répéta la nonne. C'est ma malle, qu'il faut monter!

— Ne voyez-vous pas qu'elle se moque de vous avec son accent de carnaval? Votre argent attire les cafards, ils grouillent déjà autour de vous!

— Yé vois qué lé cafards sont même déjà dans la place ! dit la nonne.

Elle sortit de son cartable le contrat de travail qui l'attachait au service de M. Lepère Aristide, domicilié au 21 avenue des Champs-Élysées.

— Lé tonnetonne il avait dé la réligion, loui !

Pour autant que Ferdinand pouvait en juger, le contrat était tout à fait valable. On avait pris soin de mentionner tout un tas de petites clauses sur les fêtes religieuses et les retraites annuelles au couvent qu'un faussaire ne se serait pas donné la peine d'inclure. Le juriste le lui prit des mains pour l'examiner ligne par ligne.

— Et peut-on savoir ce que vous faisiez pour ce vieux cochon, à l'Élysée-Palace ? demanda-t-il.

— Yé priais ! M. Aristide avait beaucoup besoin qu'on prie pour loui !

Cela, son neveu n'en doutait pas.

— Aussi yé loui faisais les piqoures dé vitamines contre l'épidémie.

Dans le vestibule, le concierge se plaignit de ce que la malle bouchait l'escalier, ils durent remettre l'examen à plus tard. Une fois le fardeau de retour sur le palier, Ferdinand remercia le voisin pour son aide, mais ce dernier n'entendait pas l'abandonner aux griffes de l'Église.

— Monsieur Lorphelin ! J'ai un mot à vous dire !

— Oui : au révoir ! rétorqua sœur Incarnacion avant de lui claquer la porte au nez.

Elle prit dans sa malle une lettre par laquelle le tonton avertissait son héritier, quel qu'il soit, d'avoir à prendre en charge « l'ange de bonté qui avait veillé sur lui en ces temps pénibles ». Ferdinand considéra l'ange de bonté tout de noir vêtu. En guise de diamants on lui envoyait du charbon.

Le reste de la malle contenait des brosses et des ustensiles de cuisine indispensables, depuis le panier à salade métallique jusqu'au presse-purée en forme de chapeau chinois, en passant par l'écumoire en cuivre à manche de bois. Au reste, sœur Incarnacion ne perdit pas de temps pour se mettre au travail. Sa tâche de gouvernante exigeait apparemment de se livrer à un inventaire complet des placards qu'elle exécuta tout en conversant, depuis la cuisine, avec un employeur abasourdi.

— Lé tonnetonne avait peur dé tout ! Il n'avait pas tort, quand on sait comment il a fini ! Coupé en deux par oune sabre !

— Avez-vous une idée de qui lui a fait ça ? s'enquit l'indigène du territoire envahi.

— La mafia arientina, bienne soure ! C'était pour les diamants rouches !

Une nouvelle vague d'angoisse envahit Ferdinand. À tout prendre, il préférait les gentlemen cambrioleurs bien de chez nous aux coupeurs de têtes venus d'ailleurs.

— Et Arsène Lupin, dans tout ça ? demanda-t-il.

— Arseno Loupine ? Il ne m'en a yamais parlé.

Ferdinand se laissa tomber dans son fauteuil tonneau et regarda une heure durant sœur Incarnacion prendre ses marques. Lorsque la conversation s'éteignit, il était trop submergé par la peur pour réclamer un surcroît de détails effrayants. La gouvernante prit un disque dans sa malle, le posa sur le gramophone et continua de briquer avec vigueur au son d'une musique à la fois sévère et entraînante créée à Buenos Aires. Elle chaloupait en maniant le plumeau et battait le rythme sur tous les objets métalliques à sa portée. Ferdinand était incapable de réfléchir posément au moyen de récupérer sa fortune enfuie.

— Vous savez, en ce moment, avec la mort mystérieuse de mon oncle, je n'ai pas tellement la tête à améliorer mon habitat, cria-t-il par-dessus les lamentations d'un chanteur éploré.

— Tou n'inquiète pas ! Quand tou auras touché les sous, tou auras plein de quoi payer !

— Ce n'est pas exactement ce que je voulais dire, répondit l'héritier, mais son objection fut couverte par l'accompagnement casserole-spatule.

Sœur Incarnacion avait aussi des talents culinaires, elle sortit faire les commissions. On était à court de poivre, et quant au chimichurri[1], il n'y en avait jamais eu dans ce logement. Ferdinand aurait aimé savoir ce que c'était, mais la porte se referma sur sa gouvernante, sur sa coiffe blanche et sur son cabas avant qu'il ait pu poser la question.

1. Mélange composé d'ail, d'origan, de persil, de coriandre et de piment.

5

Danse avec Béchoux

Ferdinand avait à peine eu le temps de reprendre le fil de ses pensées quand on toqua à la porte. C'était son voisin banquier, Zéphyrin Petitfils, un dossier sous le bras, qui désirait l'entretenir d'un sujet urgent. Ferdinand espéra qu'il avait une idée pour partir à la recherche des diamants perdus et le laissa entrer. Une fois à l'intérieur, le voisin ne sembla plus juger le motif de sa visite si urgent que ça.

— Bel appartement que vous avez là. Et bien décoré. Je ne me rappelle plus votre profession…

— J'occupe une place à responsabilité chez Dubuisson Frères, une vieille maison spécialisée dans les clous et vis de qualité, je suis chargé des inscriptions, répondit Ferdinand, ce que le voisin traduisit par « gratte-papier chez des boutiquiers ».

Zéphyrin Petitfils considéra le mobilier.

— C'est d'époque ?

— De notre époque, oui.

— Pas cette jolie commode tombeau, objecta le voisin. Elle est authentique, je m'y connais. Elle s'harmonise à merveille avec le grand vase Ming que vous avez posé dessus. Très joli, tout ça. Très cher.

— Vous êtes antiquaire ? demanda Ferdinand.

— J'aurais pu. Je chine un peu à mes moments perdus.

« Et à mes moments trouvés je fouine chez les autres », se dit le propriétaire du vase. L'idée lui vint que le visiteur pouvait être un gentleman cambrioleur en tournée de repérage. Après tout, ils se connaissaient depuis peu. Le commissaire Ganimard ne lui avait-il pas conseillé de se méfier des importuns ?

— Très belle copie, poursuivit son voisin en examinant un petit bronze estampillé « Grands Magasins du Louvre ». On dirait vraiment l'original. Bien sûr, je n'ai pas vos moyens. Vos nouveaux moyens, j'entends. Vos énormes nouveaux moyens. Petit chanceux, va ! Nous allons devoir nous occuper de placer votre argent avant que les margoulins ne vous envahissent !

Zéphyrin Petitfils étala un monceau de papiers sur la table à manger et passa la demi-heure suivante à lui vanter une opération présentée comme « très sûre et très fructueuse », deux mots qui n'allaient pas bien ensemble. Ferdinand désespérait de mettre un terme à l'entretien quand sa nouvelle gouvernante-religieuse-danseuse de tango rentra des commissions avec son sac bien garni.

Ferdinand fit les présentations, mais la présence de la nonne ne sembla pas convaincre le banquier qu'il était temps de se retirer. Au contraire, il reprit son plan d'investissement depuis le début pour s'assurer que cette irruption n'avait pas fait perdre à son interlocuteur le fil de leur conversation. Par bonheur, il apparut qu'Incarnacion avait réponse à tout, même si cette réponse était en espagnol.

— Dans mon pays, on dit : « Né laisse pas ta chèvre sé proméner dans le noir, elle né té rapportera qué les crocs du jaguar. »

— Ce qui veut dire ? demanda Petitfils.

— Cé qui vé dire qué céloui qui investit les yeux fermés né réverra pas son argent, traduisit la nonne.

— Ma sœur, je ne crois pas que vous soyez qualifiée pour…

— Virez-lé, lança-t-elle à Ferdinand.

Comme ce dernier restait interdit et que le banquier vitupérait qu'il n'avait pas l'habitude d'être traité de cette manière, elle saisit l'intrus par le col, le mit dehors manu militari et jeta ses papiers par brassées dans la cage d'escalier.

— Vous êtes une femme à poigne, commenta son employeur quand la porte se fut refermée sur le vitupérant.

— Si les missions vous apprennent quelqué chose, c'est à né pas transiger avec les emmer… comment dites-vous ? Avec les mauvais plaisants.

Comme elle emportait ses achats dans la cuisine, Ferdinand se dit que cette religieuse avait la force et la stature d'un homme. Elle en avait aussi le caractère impulsif et impatient. Sans doute était-ce un miracle. À moins que cette vigueur n'ait été requise pour imposer la piété chrétienne dans la pampa.

Il jeta un coup d'œil dans la cuisine et vit qu'elle avait acheté un chapon.

— Il faudra mé donner des sous. Maintenant qué vous avez dé quoi, il né faut plous vous priver !

— Oui, mais je vous rappelle que je n'ai pas encore touché mes...

On frappa de nouveau à la porte. Comme Ferdinand hésitait à ouvrir – tous les importuns du monde s'étaient donné rendez-vous chez lui –, sœur Incarnacion quitta l'office avec, dans une main, son chapon plumé, et, dans l'autre, un couteau très utile pour vider la volaille ou pour accueillir les inconnus. Dans l'escalier, le précédent visiteur était toujours en train de ramasser ses papiers éparpillés de haut en bas des marches, et le concierge l'assistait dans cette cueillette.

Le nouveau venu n'était pas un chapon, il appartenait plutôt à la catégorie « poulet ». En guise de bague d'élevage, il arborait une carte barrée de traits bleu, blanc et rouge où l'on pouvait lire l'indication « Théodore Béchoux, inspecteur ».

— Vous jetez vos ordures dans l'escalier ? demanda-t-il à la religieuse au couteau.

— Non, pas les ordoures : oune yêneur.

— Ah, bon. Ça va, alors.

Aucun immeuble n'était équipé d'un vide-ordures assez large pour cette sorte d'engeance.

Le policier prit le temps de considérer la religieuse, après quoi il s'écria :

— Ah, ça ! Mais c'est Incarnacion !

Ferdinand fut surpris de constater à quel point son univers était minuscule.

— Vous connaissez la gouvernante de mon oncle ?

— La gouvernante, je ne sais pas, mais l'aumônière des dancings, sans aucun doute.

Béchoux expliqua qu'il l'avait rencontrée du temps où il exerçait la surveillance des salles de bal, ce qui consistait à vérifier que les jeunes femmes qui les fréquentaient n'en profitaient pas pour monnayer leurs charmes auprès des valseurs. Cette information ne laissa pas de stupéfier l'héritier.

— Ma sœur, vous connaissez vraiment l'inspecteur Béchoux?

— L'inspector, non, mais Béchounet, yé l'ai vou dé près.

Béchounet rougit.

— Ne parlons pas de ça, je suis là pour des motifs purement professionnels.

— Moi aussi, dit la religieuse. Laissons Incarnacion et Béchounet en déhors de tout ça, c'était oune autre vie.

Ferdinand invita l'inspecteur à prendre un siège et lui offrit à boire.

— Désolé, il n'y a pas dé champagne rosé, ici, prévint la nonne. Pas encore.

— De toute façon je suis en service, répondit Béchounet.

L'ex-danseuse parut penser qu'il n'avait pas toujours eu ces délicatesses. Ferdinand attendit qu'elle passe en cuisine pour murmurer :

— Vous la connaissez si bien que ça?

— Jacob connaît-il Léa? Booz connaît-il Ruth? David connaît-il Bethsabée?

— Tou né vas pas lui réciter la Bible, mon chéri, dit la missionnaire en apportant des verres sur un plateau.

Béchoux souhaitait prévenir son hôte qu'il allait veiller à sa sécurité sur ordre du commissaire Ganimard. Ce dernier avait eu une idée pour son enquête : il espérait que Lupin, dans sa rage meurtrière, s'en prendrait bientôt à l'héritier de sa dernière victime.

— À moi ? Pourquoi, grands dieux ?

— Je ne sais pas, moi, répondit Béchoux en le scrutant. À votre avis ?

Ce qui leur donnait à penser que Lupin n'en avait pas fini avec la famille, c'était qu'il n'avait pas revendiqué le vol des diamants. L'oncle Aristide n'aurait-il pas confié ses pierres à son cher neveu avant de trépasser ?

— Il n'y a pas de « cher neveu », répondit Ferdinand. Mon oncle et moi ne nous étions jamais vus.

— Un oncle jamais vu vous lègue sa fortune ? Vous ne trouvez pas ça bizarre ?

— Il n'a pas à trouver ça bizarre, dit sœur Incarnacion, qui revenait avec des amuse-gueule tout juste sortis du four. Il a youste à encaisser lé gros chèque.

— S'il ne collabore pas avec nous, ce sont des coups qu'il va encaisser, dit Béchoux en piochant dans les tapas.

Il y avait des bouts de pieuvre marinés, des chaussons fourrés à la viande et de minuscules grillades enfilées sur un cure-dent.

— Vous êtes tout de même le seul bénéficiaire du crime, reprit Béchoux après avoir mâchouillé un morceau de tentacule à l'ail.

— Le commissaire Ganimard m'a déjà informé de ses soupçons, dit Ferdinand.

— Vous nous mettez dans l'embarras.

— Je pouvais d'autant moins nuire à mon oncle que j'ignorais son existence.

— Bienheureux les ignorants, ils auront les mains pleines, dit Béchoux. N'est-ce pas, ma sœur?

— On dit « Bienheureux les simples d'esprit » et « Aux innocents les mains pleines », rectifia la religieuse.

— Oui, c'est bien ce que je pense, dit Béchoux. Il était aussi riche que généreux, tonton Aristide. Tout vous laisser comme ça !

— Au lieu de l'offrir aux bonnes œuvres, dit la nonne avec regret.

Ferdinand promit de faire un don quand il le pourrait.

— Il y a tant d'orphelins en détresse ! dit Béchoux. Dans la police, par exemple !

L'héritier sentit qu'on essayait de lui décoincer le chéquier.

— Eh bien, depuis ce crime, il y a au moins un orphelin qui ne manquera de rien, rétorqua-t-il.

« Vraiment de rien », parut penser l'inspecteur en regardant l'ancienne danseuse qui retournait à la cuisine. Certains avaient le péché et la vertu à portée de main. Il y avait un Dieu pour les richards, Il leur envoyait ses nonnes !

Ce qui chagrinait Béchoux, c'était qu'on n'avait jamais pu prouver que Lupin ait tué quiconque. Ce gredin évitait de croiser l'ombre de la guillotine, tous ses forfaits cumulés ne l'exposaient qu'à une déportation les fers aux pieds. Pourquoi changer de méthode? Ce qui l'intriguait aussi, c'était qu'un millionnaire se soit adjoint comme gouvernante une personne au passé équivoque.

— Vous doutez de sa compétence? demanda Ferdinand.

— Au contraire, je suis surpris qu'il ne l'ait pas épousée. Des femmes comme elle, on n'en rencontre pas beaucoup en une seule vie.

Ferdinand entendait sa gouvernante remuer la vaisselle avec vigueur dans la cuisine. Béchoux devait faire allusion à des talents cachés.

L'inspecteur ne s'habituait pas à voir l'infirmière aux talents de couteau suisse installée chez l'« héritier innocent » de l'employeur défunt. Il sortit de la poche intérieure de sa veste une carte où était inscrit son numéro d'appel à la Sûreté et celui de son domicile. Ferdinand s'étonna.

— Vous avez le téléphone, inspecteur?

— Les officiers de police sont prioritaires pour les raccordements, nous devons pouvoir être joints nuit et jour pour lutter contre le crime.

Avant de partir, Béchoux lui fit ses recommandations.

— S'il vous revient quelque chose en mémoire, n'hésitez pas à m'appeler. Même si vous pensez que ce renseignement pourrait vous nuire. Rien ne vous nuira davantage que le silence ou le mensonge.

Ces mots exprimaient une menace voilée qui n'incitait pas à ouvrir la bouche.

— Alors, Incarnacion! lança le policier. Le vieux ne t'a rien légué? Je peux à peine le croire!

— Il m'a légué céloui-là, répondit la nonne en désignant son nouveau patron.

Une fois le suspicieux parti, elle livra le fond de sa pensée : ce policier n'était pas malin, mais il y avait pire. Et il était plutôt honnête sous son aspect ronchon, ce qui était rare.

— Vous êtes oune homme chanceux, vous connaissez deux personnes précieuses : loui et moi.

Ferdinand se déclara submergé par la félicité.

Sur le point d'attaquer le repassage, elle voulut savoir où ranger un mouchoir brodé des initiales I. B.

— C'est un vieux mouchoir à moi.

— Avec les lettres I. B. au lieu dé F. L. ?

Ferdinand lui répondit de ne pas s'en inquiéter et empocha vivement l'article de toilette.

Incarnacion s'abstint d'insister, car la seule question qui l'intéressait vraiment tenait en cinq mots : « Où sont passés les diamants ? »

6

Le coût du parapluie

Sœur Incarnacion était adepte de la santé par l'exercice, en l'occurrence la danse de salon, mais aussi par la diététique. Cela se remarqua quand vint l'heure du dîner.

— Qu'est-ce que c'est ? demanda Ferdinand devant une sorte de bouillon d'où émergeait une crête-de-coq.

Quand elle lui eut dit ce que c'était, il s'étonna qu'elle ait trouvé du maïs et toutes sortes d'épices exotiques à Paris, en 1919, en pleine épidémie de grippe.

— Lé maïs il n'a pas la grippe, dit la cuisinière. Il faut sé nourrir pour ténir.

Tandis qu'ils dégustaient les spécialités patagonnes, Ferdinand entreprit de cuisiner la cuisinière. Que s'était-il passé à l'Élysée-Palace ? Qui voulait du mal à son oncle ? Quel genre d'homme était-il ?

Tonton Aristide avait conçu une peur panique de la contagion. Dans un effort désespéré, il chargeait son infirmière de lui procurer tous les remèdes dont les journaux faisaient la réclame. Le matin elle lui faisait des piqûres de vitamines dans les fesses, le soir elle lui concoctait la tisane miracle du jour. Entre les deux, elle courait Paris pour trouver de l'aspirine au marché noir – à la moindre rumeur, les pharmaciens étaient dévalisés. Heureusement, une religieuse avait des arguments pour empocher la dernière boîte dissimulée sous le comptoir : elle pouvait se mette en prière entre les flacons de cachets et le présentoir à guimauve médicinale pour ranimer la piété du commerçant.

Côté physique, tonton avait sûrement été bel homme très longtemps auparavant. Ce qu'il avait conservé de mieux, c'était ses dents. Il en prenait grand soin, Incarnacion ne manquait jamais de prévoir un verre d'eau sur sa table de nuit pour qu'il les y range avant de s'endormir. Pour les turpitudes survenues la nuit du crime, elle n'en savait rien, elle n'était pas de garde ce soir-là.

— Vous étiez à la messe, ma sœur?

— Plus précisément à ma leçon de tango.

Ferdinand s'étonna d'apprendre que les religieuses avaient le droit de s'adonner à des danses réputées lascives.

— C'est permis aux réligieux aryentins pour éviter dé déchristianiser lé pays. Lé Vatican né vé pas d'oune nouveau schisme.

En tout cas, si Arsène Lupin était bien l'auteur du crime, il n'avait rien emporté d'autre que les diamants : pas une petite cuiller en vermeil ne manquait dans le buffet. Pourtant, tonton gardait sous son matelas une forte somme en billets de banque.

Ferdinand s'étonna. Quel cambrioleur, même gentlemanisé, préférait des diamants difficiles à revendre à de l'argent liquide accepté partout ?

— Vous y croyez, à cette histoire d'Arsène Lupin ? Les journalistes ont tendance à trompéter son nom chaque fois qu'un méfait se commet, et la police embraye, contrainte et forcée.

Incarnacion n'avait pas assisté au crime, mais elle en avait eu les oreilles rebattues.

— D'abord, les témoins ont déclaré avoir vou oune monsieur qui ressemblait fort à ce Loupine. Ensouite, qui d'autre aurait pou s'introdouire chez Aristide ? Cet hôtel est oune coffre-fort. Même moi, yé n'avé pas les clés dé tout ! Autant placarder oune panneau avec l'inscription « Nous défions Loupine ! »

Cela aurait été hasardeux, ce Lupin adorait les défis.

— Yé té déconseille de chercher à éloucider lé crime, dit Incarnacion. Ça pourrait être mauvaise pour ta sourvie !

À voir sœur Incarnacion dévorer allègrement ses propres plats, Ferdinand se demanda comment elle pouvait croquer sans sourciller dans ces boulettes au piment. Il y avait de quoi tomber raide mort. À ce sujet, l'assassin ne pouvait-il être une ancienne relation de tonton Aristide ? Quelqu'un qu'il aurait fréquenté en Amérique du Sud ?

— Mon oncle ne recevait-il pas des gens douteux ?

— Certainement pas. Yamais yé n'aurais accepté de travailler pour oune escroc. Y'aime les yens honnêtes.

Le sourire qu'elle lui lança entre deux bouchées lui fit comprendre qu'elle le considérait comme très honnête et qu'elle n'allait pas le lâcher de sitôt. Il avait engagé la Goulue. Mais enfin, mieux valait garder sous la main l'unique personne qui avait fréquenté de près le tonton aux diamants.

— Ah, si ! Yé mé souviens d'oune monsieur qui est vénou lé voir oune fois. Oune homme très bien, très chic. Oune comte. Ougoline dé la Garçonnière. M. Aristide l'avait fréquenté en Aryentina.

— Où peut-on le trouver, ce M. de la Garçonnière ?

— À Buenos Aires, yé pense. Tou né mangé pas ? Cé n'est pas bon ?

— Si, si ! Un délice !

Il se força à engloutir une bouchée pimentée pour ne pas déconcentrer le témoin.

— C'est savoureux, dit-il après avoir bu un grand verre d'eau. L'arrière-goût est inattendu.

— C'est parce qu'on malaxe avec des algues des lagunes de chez nous, expliqua la cuisinière.

Son service fini, Incarnacion revêtit sa capeline et déclara qu'il était temps de rentrer chez elle. Comme il faisait nuit et que le quartier était désert à cause de l'épidémie, Ferdinand l'accompagna jusqu'au métro.

Il rentrait sans se presser, sa pipe aux lèvres, quand un bruit de pas précipités retentit dans son dos. Un grand bonhomme dont le bas du visage était dissimulé par un masque prophylactique bleu fonçait sur lui, parapluie en avant. Ferdinand eut la nette impression que ce forcené avait l'intention de l'embrocher sur son instrument. Ayant esquivé le premier assaut, il se demandait comment résister au suivant quand un clochard muni d'un manche à balai ramassé sur une poubelle s'interposa. Après une passe d'armes digne des meilleurs succès de Georges Méliès, l'agresseur, déconcerté de se voir opposer une telle résistance, s'enfuit sans demander son reste.

— Merci, mon brave ! dit Ferdinand. Sans vous, je crois que ce bandit m'aurait détroussé !

— P't-êt' même pire, dit le clochard d'une voix graillеuse. J'ai lu un article sur un parapluie qu'on avait pourvu d'un aiguillon empoisonné.

— On aurait voulu me tuer ?

— Va savoir ! dit le clochard, qui sentait la vinasse. J'crois qu'i s'agissait au moins de t'faire mourir de peur, mon pov' gars.

— Ah, mais je ne suis pas du genre qu'on intimide !

— Bien. T'es du genre à filer les pourliches ?

Le rescapé ouvrit son porte-monnaie et déposa une pièce d'un franc dans la paluche de son sauveur.

— Oh ! Un franc entier rien qu'pour moi ! dit ce dernier avec une grimace. Vot' seigneurie donne une énorme valeur à sa vie !

— Mais attention : ce n'est pas pour acheter du mauvais vin, n'est-ce pas ?

— À c'prix-là, j'vois pas comment j'en achèterais du bon.

Ferdinand ajouta une deuxième pièce pour soutenir la filière viticole de qualité. Il ne lui restait plus qu'à regagner son domicile en rasant les murs, le manche à balai à la main.

De retour chez lui, il songea avec horreur que ceux qui souhaitaient sa mort avaient déjà eu l'oncle Aristide. Cet héritage était piégé. Tonton avait dû arracher ses diamants rouges aux orbites de quelque statue précolombienne qui les poursuivait de sa vengeance.

Ferdinand jugea la soirée trop avancée pour alerter Béchoux, les gens bien élevés n'utilisent plus leur téléphone après 21 heures. D'ailleurs, personne ne répondit au coup de fil qu'il finit tout de même par donner. L'inspecteur devait être en train d'inspecter les coulisses de l'Alcazar ou ceux du Paradis latin.

La tranquillité de la rue qu'il guettait à travers l'échancrure des doubles-rideaux n'avait rien de rassurant. Comment se sentir en sécurité chez soi quand des tueurs ont votre adresse ? Que lui aurait conseillé Béchoux ? Ou, mieux : que ferait Arsène Lupin dans cette situation ?

Son anxiété bondit lorsqu'une berline sombre vint se garer près du trottoir d'en face sans que quiconque en descende. Il fallait fuir ce trou à rat avant qu'on vienne l'en déloger !

— *Terrae tuber*[1] ! laissa-t-il échapper.

Il décida de sortir par la cour de l'immeuble, qui donnait sur une autre rue. Seulement, la porte était généralement fermée et il n'était pas sûr d'oser déranger le concierge à cette heure tardive. Il habitait la maison depuis trop peu de temps pour avoir pu amadouer cet homme par l'octroi d'étrennes considérables qu'il n'avait d'ailleurs pas prévu de lui verser. Il opta pour une méthode moins coûteuse, prit un fil de fer qui traînait dans un tiroir et descendit l'escalier à pas de loup.

1. « Tête de truffe ! », injure latine.

La loge du vestibule était plongée dans le noir, le brave homme devait dormir. Ferdinand ouvrit la petite porte principalement utilisée pour déplacer les poubelles, traversa la courette et se prépara à affronter la serrure de la porte de derrière.

Miracle ! Elle était ouverte ! Ce concierge faisait preuve d'une négligence coupable, n'importe qui pouvait les envahir par là pour les dépouiller ou les étrangler dans leur sommeil. Il se promit de l'en récompenser à la première occasion.

7

Drôle d'endroit pour une rencontre

Le seul commerce ouvert devant lequel passa Ferdinand à cette heure avancée était la boutique d'un fleuriste. Le personnel engagé en extra œuvrait d'arrache-pied à la confection des couronnes mortuaires. Il croisa aussi deux corbillards. Depuis le début de l'épidémie, on enterrait les défunts nuitamment pour ne pas impressionner les populations, et la préfecture interdisait d'organiser des cortèges funèbres. Les inhumations se faisaient à la sauvette.

Il avait eu beau se donner du mal pour sortir par-derrière, la grosse berline sombre ne mit pas longtemps à apparaître dans son sillage. Tout futur rentier en diamants qu'il était, Ferdinand aurait aimé recevoir un secours désintéressé. Hélas, pas le moindre clochard à l'horizon ! Il ne vit qu'une femme adossée à un mur. Au reste, cette personne semblait d'accord pour lui fournir toute l'aide qu'elle pouvait lui prodiguer. Elle le héla d'ailleurs, dans le but visible de lier connaissance.

— Viens donc ici, mon joli ! lui lança-t-elle d'une voix éraillée.

— Y a-t-il un commissariat, par ici ? demanda-t-il à sa nouvelle amie. Je suis poursuivi par une voiture noire !

— Un commissariat, sûrement pas. T'as qu'à v'nir passer un moment chez moi, mon poussin.

Si grande que fût son envie d'échapper à ses poursuivants, Ferdinand n'était pas certain d'être disposé à s'allonger n'importe où en compagnie d'une inconnue peinturlurée. Cependant, l'ombre macabre de la voiture qui revenait sur lui comme un requin autour d'un pêcheur perdu en mer le convainquit de négocier avec la sirène.

— C'est combien ?

— Discute pas et suis-moi, coco ! ordonna la créature.

Elle pénétra dans l'immeuble le plus proche, dont ils gravirent l'escalier pas si crasseux que Ferdinand s'y serait attendu.

— Je vous préviens, je suis fatigué, j'ai dansé le tango tout l'après-midi avec une religieuse !

L'alcôve de la belle de nuit était située au troisième. Ce n'était pas non plus le réduit sordide où il pensait trouver refuge. L'appartement comprenait un salon vieillot et un petit couloir qui devait mener à la chambre. Dans l'un des fauteuils du salon vieillot était assis Théodore Béchoux.

— Comme on se retrouve ! dit ce dernier dans un nuage de cigare bon marché.

— Il tentait de s'enfuir, patron, dit l'hôtesse.

— Beau travail, Gattineau.

— Vous travaillez avec une professionnelle ? s'étonna Ferdinand.

— Une professionnelle de la police, oui.

La demoiselle était fonctionnaire et ils se trouvaient dans un pied-à-terre loué par la Sûreté. Le bailleur n'avait pas trouvé d'autre locataire depuis que la dernière occupante avait été égorgée dans son lit. L'administration ne disposant pas d'un budget décoration, les lieux avaient conservé l'aspect « vieille dame du Second Empire » avec napperons et vues de Montmartre à l'huile bien poussiéreuses.

— Il m'a raconté une invraisemblable histoire de voiture noire et de bonne sœur qui danserait le tango, rapporta Gattineau.

Plus bas, elle ajouta : « Je crois qu'il se drogue à l'éther. »

— Ah ! dit Béchoux. Je vois qu'Incarnacion continue de faire des ravages !

— C'est le nom de la drogue ? demanda Gattineau.

— Exactement, répondit son supérieur.

L'imprudent fugitif qui venait de se laisser tomber dans le deuxième fauteuil Napoléon III eut droit à une réprimande.

— Alors, Lorphelin ? Dès que je tourne le dos, on met les voiles ?

— Je voulais juste sauver ma peau ! se défendit le fuyard. Un tueur armé d'un parapluie est à mes trousses ! Que fait la police ?

— Elle réfléchit, dit Béchoux. Au contraire de vous. Et si l'agent Gattineau avait été en cheville avec la pègre ? Quand vous mettrez-vous dans la tête que les gens ne sont pas toujours ce qu'ils paraissent ? Un homme qui a tant d'ennemis ne devrait faire confiance à personne.

— Je n'ai pas d'ennemis ! Je n'ai rien fait ! *Donec eris felix, multos numerabis amicos*[1] !

— On pratique le latin, dans la vente des boulons ?

— On a du temps pour se cultiver, inspecteur, comme partout ailleurs.

Pour sa part, Béchoux se contentait d'aller à la pêche le dimanche sur les bords de Marne, et il n'avait pas besoin de nommer en latin les poissons qu'il retirait de l'eau. Décidément, tout chez cet héritier lui paraissait bizarre.

— Il vous en arrive, des choses, pour un innocent…

— Vous en avez, des coups d'avance, pour un policier…, répliqua son invité.

Ils se dévisagèrent l'un l'autre avec l'air de se demander qui des deux était Arsène Lupin. Quand ils eurent fini, Béchoux voulut savoir pour quelle raison on pouvait vouloir tuer cet insignifiant quidam.

— Comment était-il, votre agresseur au parapluie ?

— Il portait un masque prophylactique de couleur bleue.

Comme la moitié de la population parisienne.

— Je vais vous dire ce que je pense, dit Béchoux. Je pense que vous avez commandité l'assassinat du tonton et que vous refusez de partager le magot avec vos complices.

L'accusé s'insurgea.

1. Les gens heureux n'ont que des amis.

— Quel magot ? Le magot que je n'ai pas encore touché ?

— Précisément. Vos lascars s'impatientent. Ils ne vous croient pas, ils veulent leur part tout de suite. En diamants sonnants et trébuchants.

— C'est moi qu'on fait trébucher ! protesta Ferdinand. Et je n'ai pas de lascars ! Évidemment, il est plus facile d'incriminer une honnête victime que de courir après d'odieux malfrats !

— C'est la prétendue victime qui m'a l'air de courir très vite, rétorqua Béchoux dans un nuage de fumée âcre.

— C'est Lupin, patron ? demanda Gattineau.

— Je ne crois pas, répondit l'homme au cigare.

— Parce que vous l'avez déjà vu de près ?

— Parce que Lupin ne se conduirait pas si bêtement. Votre seul point commun, c'est cette fringale de diamants, lança-t-il à l'héritier.

— Mais je ne les ai jamais vus, ces diamants !

— Continuez comme ça et vous n'aurez pas l'occasion de les voir, dit le policier. L'œil de Lupin est sur vous !

Ferdinand eut l'impression d'affronter un Bohémien qui lui lançait un sort dans les fumerolles d'encens. Lui non plus ne croyait pas que ce policier était Arsène Lupin : la presse qui relatait depuis quinze ans ses lupineries le décrivait comme un voleur parfaitement bien élevé. Son interlocuteur n'avait rien d'un gentleman, cambrioleur ou pas. De toute évidence, le niveau de politesse exigé n'était pas le même dans la police et dans la pègre.

— Écoutez, dit Béchoux, j'ai beaucoup de mal à croire que Lupin ait tué votre oncle.

— Parce qu'il se vante de ne jamais en venir à ces extrémités ?

— Parce qu'il se serait mieux débrouillé que ça, même s'il avait été surpris. Mon but est d'attraper l'assassin quel qu'il soit. Le vôtre est de rester en vie : nos intérêts convergent.

— Ils convergent aussi avec ceux de Lupin, fit observer l'héritier. Lui aussi veut être innocenté du meurtre.

— Je reconnais bien là son habileté, il nous fait travailler pour lui, c'est un diable d'homme.

— À vous entendre, on pourrait croire que vous l'admirez, inspecteur.

— Certainement pas ! C'est prohibé par le code !

— En tout cas, vous n'avez recueilli aucun indice.

— Dites donc ! Qu'est-ce qui vous autorise à diffamer la police ?

— L'observation. Quand on se met à suspecter un brave homme comme moi, c'est qu'on est à bout de ressources.

Béchoux avait une théorie sur les attentats subis par Ferdinand. Peut-être l'assassin voulait-il le faire taire, l'empêcher de révéler ce qu'il savait.

— Ce que je sais sur quoi ?

— À vous de me le dire, répondit l'inspecteur en le scrutant par-dessus sa moustache.

Le téléphone sonna et Béchoux prit la communication. « Oui, je suis avec lui. Je viens tout de suite », dit-il dans le combiné.

— Excusez-moi, ajouta-t-il après avoir raccroché, c'était mon père, je dois vous laisser.

La Sûreté offrirait l'hospitalité à Ferdinand en attendant qu'on y voie plus clair. Gattineau avait fait le lit dans la chambre du fond. Il devait aussi changer d'identité.

— Vous vous appelez désormais Maximilien Robespierre : l'appartement est enregistré à ce nom-là. Le commissaire Ganimard voue un culte aux symboles de la République.

Ferdinand eut envie de rétorquer que Robespierre était surtout un symbole de la Terreur, mais il s'abstint de contrarier le héros qui allait assurer sa sécurité ces prochains jours.

Béchoux lui recommanda de profiter de ce calme retrouvé pour réfléchir à ses mésaventures.

— Essayez de vous souvenir à quoi ressemblait le clochard qui vous a sauvé de l'inconnu au parapluie : j'aimerais qu'il me confirme tout ça. Peut-être a-t-il bien vu votre adversaire, lui. Et la prochaine fois qu'on vous suit en voiture, tâchez donc de mémoriser la plaque d'immatriculation ! Pas besoin d'être diplômé de l'école de police pour y arriver ! Vous savez comment on échappe à un deuxième attentat ? En arrêtant les auteurs du premier !

Resté seul, Ferdinand constata que l'appartement tenait toutes les promesses d'un lieu laissé tel quel après le décès d'une vieille dame : pas la moindre bouteille d'alcool dans les placards, à moins que les glorieux défenseurs de l'ordre républicain n'aient tout sifflé.

Ah, s'il avait été Arsène Lupin ! Il ne serait pas resté croupir dans un logement miteux et mal approvisionné ! Il serait reparti à la poursuite de ses ennemis, sur la piste de la fortune !

Plutôt que de chercher à se rappeler des plaques d'immatriculation qu'il n'avait pas regardées, il réfléchit au moyen de damer le pion à ce Béchoux si condescendant… et ne tarda pas à trouver la consolation dans les bras de Morphée.

8

Ferdinand et le haricot magique

Le lendemain matin, Ferdinand fut heureusement surpris de constater qu'une âme secourable et néanmoins policière avait déposé dans la cuisine un litre de lait et une baguette de pain. L'un des placards recelait un fond de confiture et un paquet de chicorée entamé qui lui fournirent un petit-déjeuner bienvenu à défaut d'être savoureux.

Par ailleurs, l'appartement de la Sûreté n'abondait pas en moyens de distraction. Les livres y étaient rares et les revues dataient de cette période presque tranquille où la France n'était en guerre que contre des Allemands à casque à pointe qui chargeaient baïonnette en avant, au lieu de l'être aujourd'hui contre des microbes invisibles et sournois.

L'appareil téléphonique lui fut utile pour prévenir les frères Dubuisson qu'il ne viendrait pas compter leurs clous ce jour-là : il prenait une journée de congé pour cause de maladie. Cette période épidémique vous dispensait au moins de fournir des explications : persuadés que vous vous étiez traîné jusqu'à l'appareil dans un ultime effort entre deux râles d'agonie, vos employeurs n'étaient pas pressés de vous revoir chez eux.

Il profita de cette solitude pour faire le point sur son cas personnel. Qui avait pu vouloir tuer l'oncle Aristide? Lupin? Un cambrioleur lambda? Quelque mafia argentine? Cet homme avait une nuée d'ennemis! Des condamnations judiciaires, une fortune d'origine douteuse, des diamants aussi étincelants que négociables... Il y avait de quoi attirer tous les gentlemen cambrioleurs de la terre. Les motifs de rancune ne devaient pas manquer non plus : on ne menait pas une vie d'aventurier sans faire des mécontents.

Mais pourquoi s'en prendre à lui, pauvre Ferdinand, qui ne savait rien, qui n'avait même pas encore touché le moindre sou?

Le récepteur téléphonique se mit à vibrer au point de faire tressauter le combiné sur sa fourche. Ferdinand hésita un moment puis se décida à répondre pour mettre fin au tintamarre.

— Allô?

— Monsieur Lorphelin? C'est bien vous?

— Non, ici Maximilien Robespierre. Qui le demande?

Après un silence, son correspondant lui raccrocha au nez.

Ferdinand rangea cette impolitesse au nombre des incongruités qui étaient son lot quotidien depuis qu'il était riche. Il commençait à douter de l'efficacité des autorités pour le soustraire à ses ennemis. Afin de dissiper ses angoisses, il ouvrit l'un des magazines empilés sous le guéridon où reposait l'appareil. La dernière page contenait une grille de mots croisés, jeu innocent et bienvenu. Cette opinion se nuança quand les yeux du cruciverbiste tombèrent sur la définition d'un mot de sept lettres : « A parfois fait perdre la tête. » Il aurait mieux aimé que la réponse qui s'imposait à lui n'ait pas été « terreur ».

Quand l'heure de déjeuner approcha, il chercha dans l'annuaire le numéro du restaurant Maxim's et appela pour se faire livrer un repas.

— À quel nom, monsieur? demanda l'employé.

— Euh… Maximilien Robespierre.

Il y eut une pause au bout du fil.

— Oui, bien sûr, je transmets à Catherine la Grande!

Quand on lui eut raccroché au nez, il comprit que se nourrir n'allait pas être facile. Il lui avait semblé percevoir une respiration sur la ligne, en plus des railleries du restaurateur, comme si une oreille s'était invitée dans leur dialogue. Il s'apprêtait à réitérer l'essai avec le Grand Véfour quand on frappa à la porte. Un monsieur en uniforme des Postes, Télégraphes et Téléphones était sur le palier.

— Monsieur Robespierre?

— Euh… oui?

— Veuillez signer ici, s'il vous plaît.

Le livreur lui remit un gros paquet étiqueté par l'administration. Comme l'appartement était loué par la Sûreté, Ferdinand crut que la police avait la bonté de lui adresser des vivres, des armes ou des ouvrages philosophiques sur la vacuité de l'existence – éventuellement les trois. Il se prenait déjà à espérer que les tiroirs de la cuisine contenaient un ouvre-boîte.

Surprise ! À défaut d'armes, le paquet recelait bien un comestible. Plus exactement une boîte de haricots rouges du Chili de marque Picachu, s'il fallait en croire l'étiquette imprimée en écarlate et bleu sur fond blanc, les couleurs du drapeau chilien. Le colis n'émanait pas de la Sûreté mais de Me Aumaric Filleul, son notaire. Dans un mot d'explication joint à l'envoi, ce dernier expliquait qu'il avait obtenu sa nouvelle adresse de ce bon commissaire Ganimard pour lui transmettre ce nouveau lambeau d'héritage.

— Héritage ? lut tout haut le destinataire qui tenait dans son autre main la boîte de conserve alimentaire.

Il apparut que les haricots lui étaient envoyés d'outre-tombe par son oncle. La boîte avait été découverte dans la suite de l'Élysée-Palace ainsi qu'un papier où le défunt avait écrit : « À remettre dès que possible à mes héritiers avec mes compliments. »

Tonton voulait apparemment l'initier à la cuisine sud-américaine. Ça faisait partie du lot, avec la bonne sœur danseuse de tango. Ferdinand s'attendit à recevoir bientôt quelques cactus, un troupeau de bovins et des éperons pour chevaucher dans la Pampa.

Il secoua la boîte pour voir si les diamants n'étaient pas à l'intérieur. Elle était raisonnablement pesante et nul bruit n'en émanait. L'idée méritait vérification, et puis il avait faim et, dans l'hypothèse la moins optimiste, son oncle avait au moins veillé à son déjeuner depuis le cimetière.

Comme les tiroirs de la cuisine contenaient bien l'ouvre-boîte espéré, il attaqua le couvercle pour voir si les haricots rouges n'avaient pas été fourrés dans les ateliers de joaillerie de Van Cleef & Arpels.

Mais non. Il eut beau les étaler sur une assiette, ces végétaux en sauce ne s'éloignaient en aucune façon du bête *phaseolus vulgaris* que chacun pouvait acquérir à l'épicerie du coin – surtout si cette épicerie se trouvait du côté de Santiago.

Il versa la préparation dans une casserole et la fit chauffer sur le gaz avant de la déguster avec du poivre, puisque tonton n'avait pas pensé à joindre un sachet de piment des Andes. Il dégusta ce repas providentiel en prenant garde de ne pas se casser une dent sur un éventuel diamant rouge qui aurait échappé à son examen, bien que cette trouvaille lui eût permis de s'offrir une dentition en ivoire d'éléphant.

L'apport de sucre fourni par les fèves favorisa sa réflexion. Après tout, la théorie des policiers qui l'accusaient d'avoir tué tonton pour hériter était-elle si erronée ? L'assassin n'avait-il pas eu le même genre d'intention ? Au moment du crime, peu de gens savaient qui en bénéficierait – le notaire, sans doute, peut-être aussi la personne que Me Filleul avait chargée de mener les recherches généalogiques... Sœur Incarnacion n'avait-elle pas pu se joindre à un complot pour détourner la fortune de son patron vers un usurpateur ? Ferdinand ne pouvait se résoudre à soupçonner une servante de Notre Seigneur, mais peut-être Incarnacion était-elle une femme d'Église dans le genre de Torquemada[1] ? Il aurait été intéressant de savoir si le notaire avait identifié des héritiers plus éloignés qui pourraient réclamer les diamants dans le cas où lui-même disparaîtrait. Existait-il un ordre successoral ? À chaque nouvelle bouchée de haricots, il se persuadait qu'un vague cousin tapi dans l'ombre attendait son trépas pour prendre sa place. Il fouilla sa mémoire. Officiellement, il n'avait plus aucun parent vivant. Quelqu'un avait-il évoqué devant lui une autre banche de la famille ? Après tout, jamais on ne lui avait parlé d'un oncle Aristide condamné au bagne, alors pourquoi ne lui aurait-on pas aussi caché sa parenté avec le cousin Dracula pourfendeur de vieillards ?

Au vingtième haricot, il eut la certitude de n'être plus en sécurité dans ce logement dont l'adresse avait filé chez le notaire et Dieu savait où. De toute évidence, elle était en train de faire le tour de Paris : on lui téléphonait, on lui envoyait du courrier...

Pour se calmer, il reprit ses mots croisés, mais la définition suivante ne fut pas d'un grand secours : « Aussi embêtant au singulier qu'au pluriel », en cinq lettres. Il prit son crayon pour remplir les cases avec le mot « ennui ».

C'était tout à fait à son état d'esprit, on aurait dit que le rédacteur de cette grille lui parlait par journal interposé. Ce qui menaçait le plus sa santé, dans la situation présente, c'était le désœuvrement. Il ressentit l'impérieux besoin de discuter de tout ça avec

1. Grand Inquisiteur qui persécuta les Juifs et les musulmans espagnols au xve siècle.

quelqu'un de plus compréhensif qu'un inspecteur payé pour retourner vos confidences contre vous. Le téléphone, il ne voulait plus y toucher. La demoiselle du central avait certainement reçu l'ordre d'épier ses communications. Ces messieurs de la Sûreté lui avaient montré leur absence de confiance, sans doute espéraient-ils l'entendre discuter avec l'homme de main qu'ils le soupçonnaient d'avoir engagé pour exécuter tonton.

Sa poche droite contenait plusieurs cartes de visite. Depuis qu'il était riche d'espérances, tout le monde lui offrait la sienne. Il en choisit une, prit son chapeau melon et sortit sans se retourner.

9

Le retour de Monte-Cristo

Une demi-heure plus tard, Ferdinand faisait tinter la cloche pendue au portail d'une grosse maison du 15e arrondissement de Paris. La croix qui surmontait le linteau lui fit craindre qu'on lui refuse l'entrée, mais la religieuse qui lui ouvrit accepta de le conduire à la partie du bâtiment qui servait d'hostellerie pour les résidents de passage : sœur Incarnacion était dans sa loge.

— J'ai craint que les invitées ne soient pas autorisées à recevoir des visiteurs, dit Ferdinand comme il suivait son guide à travers les couloirs.

— Elles ne le sont pas. Mais sœur Incarnacion nous a prévenues que vous étiez menacé par un grand danger et qu'elle ne devait pas vous refuser les secours de la foi. Elle sait trouver les arguments qui touchent le cœur.

Elle lui désigna la porte à laquelle il devait frapper. Avant de le quitter, elle lui glissa la carte du couvent, où l'on avait imprimé un Sacré-Cœur dans un halo brûlant.

— Mon fils, n'oubliez pas qu'aujourd'hui le Seigneur vous ouvre Sa demeure dont le toit a besoin de réparations.

Ferdinand vit que les diamants rouges avaient le pouvoir miraculeux d'ouvrir toutes les portes.

Sœur Incarnacion ouvrit d'ailleurs la sienne sans qu'il ait besoin de frapper.

— Ma sœur ! s'écria-t-il. Venez-moi en aide ! Je n'ai que vous !

— Yé souis là pour ça, mon fils, répondit-elle en l'invitant à entrer.

Le modeste logis se composait d'un petit salon meublé comme à la ferme, séparé d'une minuscule chambre par un rideau. À la surprise du visiteur, les murs offraient moins d'images pieuses au regard que de silhouettes de danseurs de tango. Elle lui désigna un fauteuil en bois qui se différenciait peu d'une chaise paillée.

— Quand y'ai vou qué tou n'étais pas chez toi, yé souis rentrée, dit l'ancienne gouvernante de son oncle.

Il ne s'expliquait pas ses déboires. Comment les assassins avaient-ils pu le repérer ? Seul le notaire et la police connaissaient sa cachette, or les membres de ces deux corps étaient assermentés. Il ne savait plus vers qui se tourner sinon vers elle.

— Tou n'as pas beaucoup d'amis, dis-moi.

— À qui pourrais-je me fier aveuglément sinon à une bonne sœur !

— Ouvre quand même les yeux, mon fils, ça vaudra mieux.

Il avait l'air très éprouvé. Quand la nonne se leva pour leur servir un petit remontant, il nota que ses chaussures claquaient étrangement sur les tomettes. Elle posa une théière sur la table.

— C'est une tisane ? demanda l'invité.

— Oui, oune tisane d'herbes aromatiques à 40 degrés. Dans mon pays, on appelle ça *Las Hierbas*. Yé dois faire attention, les sœurs d'ici n'autorisent même pas la chartreuse.

Après qu'il eut goûté, toussé, puis avalé une seconde gorgée qui passa mieux parce que ses muqueuses étaient déjà brûlées, la conversation put reprendre plus sereinement.

— J'ai de la chance que vous ne soyez pas allée chez moi faire le ménage !

— Yé mé souis dit que le ménache ne pressait pas. Y'ai d'autres obligations importantes.

— Lesquelles ?

— La prière, par exemple. Tou n'es pas mon seul patronne, yé réponds aussi à de plous hautes instances.

De là où il était assis, il apercevait l'oreiller du lit étroit qui occupait l'alcôve. Le coussin portait encore la trace de la tête posée dessus. Soit Incarnacion priait allongée sur le dos, soit elle n'avait pas inclus le mensonge parmi les interdictions imposées par ses vœux. Pour une fois, la paresse du personnel était une chance pour les patrons.

— Voulez-vous voir mon picachu ? lui proposa-t-il.

Elle le dévisagea avec perplexité.

— Cé n'est pas l'endroit pour mé montrer ton pétit cachou, mon fils.

Il ouvrit son sac à provisions et en sortit la boîte de conserve désormais vide qu'il avait reçue par la poste. Comme elle lui demandait où était le contenu, il désigna son ventre. Elle ne parut pas approuver l'initiative qu'il avait prise.

— C'est cé qui s'appelle manger son héritage, mon fils.

Au vrai, les inquiétudes de Ferdinand lui gâchaient la digestion. Si ces haricots étaient parvenus jusqu'à lui, les assassins risquaient d'y arriver aussi.

— Qué vas-tou faire ?

— Je devrais téléphoner à l'inspecteur Béchoux pour lui apprendre que sa cachette est éventée.

— C'est ça. Dis-lui aussi où tou es, ça facilitera lé travail des tueurs.

Il lui jeta un regard interloqué.

— Il fallait bien qué quelqu'un les renseigne, dit la nonne. Béchounet était pratiquement lé seul au courant, si y'ai bien compris.

— Il y a aussi son père, il l'a appelé devant moi.

— Théodore n'a pas dé père, répondit l'ancienne diva des dancings.

— Tout le monde a un père, objecta Ferdinand.

— Oui, mais lé sien a été renversé par l'omnibus il y a houit ans.

Dans ce cas, qui était la personne à qui l'inspecteur avait cru bon de révéler par téléphone où il cachait Ferdinand ? C'était étrange, mais cela ne prouvait pas que Béchoux était passé du camp de l'honneur et du devoir à celui du crime et de la fortune.

— M. Béchoux s'est montré plutôt amical à mon égard, insista Ferdinand.

— À mon égard aussi, dit la nonne. Ça né l'a pas empêché dé mé coffrer oune ou deux fois.

— Pour quel motif ?

— Rien qui intéresse les pétites garçonnes. Disons qu'il m'est arrivé de danser le tango avec les mauvaises personnes.

Au vrai, si Béchoux avait renseigné la pègre, les tueurs auraient investi l'appartement sans prendre la peine de téléphoner avant.

Une cloche tinta.

— C'est l'appel dou dîner, dit sœur Incarnacion. Ça ne fait rien. Yé ne diyère plous la soupe de pois, dé toute façon. Tou m'emmèneras manyer dehors. Rien d'extravagant, quelque chose dé compatible avec ma frugalité habituelle. À la Coupole, par exemple.

Ferdinand se demanda quelle tête feraient les bourgeois de la Coupole en voyant une religieuse en coiffe empesée décortiquer un homard à côté d'eux.

Elle lui conseilla de se planquer ici en attendant que la police arrête Arsène Lupin ou quiconque en voulait à sa vie.

— Et s'ils ne l'arrêtent jamais ?

— Alors tou devras entrer dans les ordres.

Après s'être imaginé en moine tonsuré et chaussé de sandales, Ferdinand se demanda s'il ne préférait pas affronter les tueurs. Il pria la religieuse de lui parler de son oncle, ce parent inconnu qui avait fait de lui un héritier pour le pire et pour le meilleur.

— Yé n'ai pas voulu dire dou mal dé ton oncle alors que tou es en deuil.

— Mon deuil s'est achevé le soir où on m'a tiré dessus, allez-y !

Bien qu'Aristide n'aimât guère se confier, surtout au sujet de son passé, il laissait tout de même échapper quelques allusions, surtout quand il avait pris son tilleul.

— Le tilleul le rendait nostalgique ? demanda Ferdinand, qui avait lu *Du côté de chez Swann*.

— Surtout la tequila qu'il versait dédans, répondit Incarnacion.

Elle baissa la voix comme s'ils avaient risqué d'être entendus et murmura que l'oncle Aristide n'était pas une personne recommandable. Ferdinand s'étonna.

— Vous vous occupez de personnes non recommandables, ma sœur ?

— Ce sont celles qui ont lé plous besoin dé nous, répondit Incarnacion en sifflant sa dose de tisane.

Un soir, l'oncle Aristide s'était vanté d'avoir fait un gros coup en Argentine, grâce à quoi il était revenu en France fort riche.

Ferdinand ne parvenait pas à comprendre comment un ancien truand pas du tout repenti avait obtenu la permission de s'installer à Paris. D'après Incarnacion, un protecteur influent, le comte Ugolin de la Garçonnière, s'était entremis pour adoucir les autorités. Grâce à lui, celles-ci avaient obtenu d'Aristide des révélations sur la pègre parisienne.

L'oncle Aristide était un indic ! Ferdinand ne s'étonnait plus qu'il ait eu des problèmes !

— Je comprends la colère d'Arsène Lupin ! Nous voilà avec autant de suspects qu'il y a de bandits à Paris !

— Certes, et Loupine est lé première d'entre eux, dit Incarnacion.

Ce soir-là, l'assassin avait dû attendre le départ de la gouvernante pour s'attaquer à son patron.

— Ils devaient le surveiller de près, dit Ferdinand.

— Arsène Loupine avait loué la souite au-déssus sous un nom d'emprunt, dit la nonne. Oune nom d'emprunt russe.

Ferdinand s'était cru le neveu de Monte-Cristo, il se découvrait celui de l'inspecteur Javert[1] !

Ils en étaient là de leurs réflexions quand on frappa à la porte.

1. Policier des *Misérables* de Victor Hugo.

10

La fille du Bon Dieu et le canard sauvage

Sœur Incarnacion se leva pour aller voir ce qu'on lui voulait. Ferdinand l'entendit discuter à voix basse avec quelqu'un et s'éloigner dans le corridor.

Ce tourbillon d'événements le laissait comme assommé. Il était dans l'hostellerie d'un couvent, à discuter haricots avec une folle de tango et de Jésus-Christ, dans l'espoir de retrouver les joyaux d'un ancien bagnard convoités par d'invisibles tueurs ! Sa vie avait pris un tour inattendu, il aurait bien eu besoin d'un petit café argentin à la dynamite.

Pour passer le temps, il examina les photographies qui ornaient les murs. Des hommes en costumes cintrés enlaçaient des femmes à chignon. Les traits de l'une des danseuses présentaient une certaine ressemblance avec la religieuse. À en croire la photo, sœur Incarnacion cachait des jambes de déesse sous sa robe de moniale.

Comme l'attente se prolongeait, il se demanda si elle n'avait pas profité de l'interruption pour aller siffler un petit bol de soupe de pois au réfectoire. Il fit quelques pas à sa recherche et découvrit, à l'angle du couloir, un soulier abandonné sur le dallage. C'était un escarpin rouge à talon haut. Il ne connaissait qu'une seule Cendrillon capable d'arborer ce genre de pantoufle dans cet établissement voué au recueillement. Cela expliquait le curieux claquement qui scandait la démarche de sa gouvernante.

Une pensée le troubla. Non pas celle que sœur Incarnacion avait pu être enlevée, ce qui paraissait évident : sa façon de se chausser confirmait le soupçon étourdissant qu'elle était carrossée comme une panthère.

Qui avait eu l'audace de commettre cet enlèvement en plein milieu du couvent ? À cette heure, toutes les résidentes étaient au réfectoire pour le dîner, le bâtiment était désert. Il suivit les méandres du couloir jusqu'au portail resté entrouvert.

L'affaire se corsait. Par bonheur, son esprit rompu au comptage des clous chez Dubuisson Frères empêcha Ferdinand de céder à la panique. Il s'efforça de réfléchir posément à la situation. Qui avait osé s'attaquer à une personne dévouée qui consacrait sa vie à aider son prochain ? Il était évident que sœur Incarnacion avait été victime de mécréants sans scrupule. Au moins n'avait-elle pas connu le sort tragique de l'oncle Aristide. Pas encore. Espéraient-ils lui faire dire où étaient cachés les diamants ? Une pensée encore plus dérangeante lui vint : savait-elle où étaient ses diamants ?

Il profita de son absence pour fouiller la loge à la recherche d'un indice. La carte d'identité qu'il trouva dans un tiroir indiquait que sœur Incarnacion était née Ginette Branco. Combien de vies cette femme avait-elle vécues avant de prendre le voile ? Il découvrit sous le matelas une importante somme d'argent liquide, sans rapport toutefois avec les montants mirifiques de l'héritage promis par Me Filleul. Cela devait plutôt correspondre à son salaire des trois derniers mois qu'elle aurait économisé. Mais dans quel but ?

Ferdinand eut l'impression d'être devenu le premier lot d'un grand concours de mensonges et de tromperies. Il en venait à douter que son oncle ait réellement été assassiné. À qui se fier ? Que croire ? Sœur Incarnacion lui avait-elle menti ? Avec la complicité du notaire ? Au moins, ce dernier devait être ce qu'il prétendait puisque la police avait pris ses informations auprès de lui. Ou bien les institutions s'étaient-elles laissé abuser elles aussi par un habile manipulateur ? Ne disait-on pas Arsène Lupin capable de tout ?

Ce nom fit jaillir la lumière dans l'esprit de l'héritier. Mais bien sûr ! Il se trompait de cible depuis le début ! Un seul homme avait pu escamoter une religieuse au milieu d'un couvent sans un bruit, sans un cri, sans un souffle d'air ! Lupin ! C'était Lupin qu'il fallait chercher, il était au cœur de tout ! Que lui restait-il à prendre à Ferdinand, en plus des diamants ? Sa dignité ? Son honneur ? Sa vie ?

Certes, Lupin prétendait que tuer ses victimes était incompatible avec sa conception de l'élégance.

La plupart des gens élégants lui auraient fait observer néanmoins que, de leur point de vue, le vol n'était pas compatible non plus. Peine perdue : cet être asocial vivait selon des règles qui correspondaient à sa propre conception fantasmée de l'existence. D'un autre côté, si l'on admettait que Lupin n'avait pas tué tonton, il n'avait pas non plus tenté de l'éliminer, lui, le successeur. Donc, si le gentleman cambrioleur traînait encore dans les parages, c'était pour mettre un nom sur le véritable assassin. Et s'il avait enlevé Incarnacion, ce devait être pour lui extorquer des renseignements… parce qu'il la savait complice du coupable !

Ferdinand songea avec horreur qu'il venait peut-être de discuter en tête à tête avec une meurtrière en coiffe blanche ! Quand sa peur rétrospective se fut dissipée, cette supposition lui parut absurde. Outre les vœux qu'avait prononcés la religieuse, qui excluaient probablement le vol, l'assassinat et d'autres activités immorales dont le tango ne faisait visiblement pas partie, elle s'était dévouée pour Aristide, dont elle évoquait le souvenir avec une certaine tendresse. Peut-être la danseuse de tango aurait-elle pu tremper dans une sordide histoire de vol macabre, mais une bonne sœur ? Jamais de la vie ! Avait-elle été manipulée par des escrocs ?

Des coups frappés à la porte tirèrent le jeune homme de cette spirale de déductions inquiétantes. Une appréhension le prit. Sœur Incarnacion avait-elle avoué à ses kidnappeurs que l'encombrant héritier se terrait dans sa loge ? Il se munit d'une lourde statuette en bois représentant saint Martin, patron de Buenos Aires, et se résolut à ouvrir.

Il tomba nez à nez avec un moine en capeline de gros drap qui désirait parler à sœur Incarnacion.

— Je suis le frère Jean, je viens faire une livraison de la part du père Aristide.

— Vous voulez dire « Aristide Lepère »? rectifia Ferdinand.

Le moine consulta son carnet de livraisons.

— Ce doit être cela, mon fils, il a dû y avoir une petite erreur dans la commande.

M. Lepère avait commandé au monastère de frère Jean un livre de piété pour l'offrir à sœur Incarnacion. La religieuse était-elle visible?

— Elle s'est absentée mais je suis le neveu de mon oncle, déclara Ferdinand.

— Fort bien, mon fils, répondit frère Jean. Sans neveux, il n'y aurait point d'oncles.

Comme le neveu demandait à voir le cadeau, frère Jean ouvrit sa besace et en retira un objet quadrangulaire emballé dans du papier journal. C'était une copie de la fameuse bible des Chartreux enluminée au XIIe siècle. Entièrement effectuée à la main, la reproduction était fort rare et fort chère. De l'avis du moine, M. Lepère était un homme très généreux en plus d'avoir bon goût.

L'ouvrage contenait une carte dédicatoire sur laquelle le tonton avait rédigé quelques mots à l'intention de sa chère gouvernante. Ce don ne pouvait être une coïncidence. Persuadé d'être en présence d'un jalon sur la piste des diamants, Ferdinand promit de remettre le cadeau à la religieuse dès qu'il la verrait.

Hélas, le cadeau n'était pas gratuit. Avant de le lui laisser, frère Jean l'informa qu'il y avait un reste à payer.

— Nous avons appelé l'hôtel où réside votre oncle, mais on nous a répondu qu'il n'habitait plus là. Auriez-vous sa nouvelle adresse ?

— Chez saint Pierre, avec un peu de chance, répondit l'héritier.

Ferdinand avait beau être riche à millions, il manquait de ressources, une grande part de ses biens étant dans la poche des assassins, dans celle de Lupin ou dans quelque cachette inconnue de lui. Par chance, il avait sous la main un matelas rembourré avec de grosses coupures. Régler le prix d'une bible avec les économies d'une religieuse ne constituait certainement pas un vol. Ce qui venait de Dieu revenait à Dieu, c'était sans doute ce que sœur Incarnacion aurait voulu qu'il fasse, elle serait ravie à son retour, si elle revenait.

— Dieu vous bénisse, mon fils ! dit le moine avant de se retirer, sa besace garnie de billets de banque.

— Vous aussi, mon frère ! répondit le généreux donateur.

Jamais il n'avait tant employé les mots « sœur » et « frère » que depuis l'assassinat du dernier membre de sa parentèle.

Il s'assit au bord du lit pour examiner son achat. La dédicace d'oncle Aristide lui sembla ambiguë, elle parlait d'un trésor : « Mon trésor, je ne doute pas que tu trouveras cette lecture enrichissante. Ton petit Aristide. »

Ainsi, le millionnaire et la gouvernante se tutoyaient. Ce n'était pas du meilleur genre. On ne tutoie pas une ancienne danseuse de tango au passé plus qu'imparfait.

Par ailleurs, il avait cru comprendre que l'oncle Aristide n'était pas un parangon de morale chrétienne. Condamné aux fers, évadé de prison, revenu lesté de bijoux tombés du ciel, tout cela ne prédisposait guère à occuper une place de choix parmi les élus du paradis. Il était prêt à parier que cette bible contenait un message à l'intention de l'aimable et désintéressée infirmière qui avait pris soin de son postérieur dans ses derniers moments de bonheur.

Il eut beau tourner les pages ornées de charmants dessins délicatement colorés, il ne découvrit rien qui ait trait à des diamants. Peut-être sœur Incarnacion serait-elle en mesure de saisir le message au premier coup d'œil. Il fallait juste réunir la bonne sœur et la bible, ce qui semblait plus facile à dire qu'à faire.

Ferdinand se jugea incapable de mener cette enquête à son terme, il se fit des reproches : « Tu dois te réveiller, mon ami. Jusqu'ici tu as été un pantin, tu dois prendre en main les rênes de ta vie ! »

À force de manipuler l'ouvrage, il en fit tomber un papier usé et jauni qui avait été oublié entre la dernière page et la couverture. Sa présence à l'intérieur d'un livre tout neuf qui sentait encore l'encre et les pigments était étrange. Cette incongruité n'était rien à côté du sentiment qui s'empara de Ferdinand à la lecture du document. C'était une lettre. Une lettre en anglais. Elle était datée du siècle précédent. Et signée « Edgar Allan Poe ». Elle avait été rédigée à l'intention de Charles Baudelaire. L'écrivain américain le remerciait pour la traduction d'un de ses textes dont le poète français lui avait fait parvenir une copie à New York. Ferdinand crut d'abord que son oncle avait investi dans les autographes de personnes célèbres. Puis il aperçut au bas et au dos de la missive le tampon des Archives nationales, ce qui rendait cette pièce incessible. Elle avait donc été volée !

Il s'autorisa à fouiller un peu plus les affaires de la nonne : c'était pour la bonne cause, il cherchait un moyen de la libérer. Entre les missels et autres objets de piété qui occupaient l'unique étagère, il trouva une petite pile d'extraits de presse récents. Sœur Incarnacion avait collectionné les articles qui traitaient de l'assassinat d'Aristide. Ce n'était guère étonnant, il ne devait pas se produire beaucoup de faits divers dans la vie d'une femme de foi, même itinérante et même si elle semblait avoir mené une existence particulière.

Pour ne pas risquer d'être chassé de l'hostellerie quand on s'apercevrait de sa présence, Ferdinand décida de s'en aller potasser tout ça dans un bistrot, devant une portion de cassoulet et une chope de bière.

Confortablement assis sur une banquette en cuir sous une réclame pour les sirops Picon, il lut le premier article à la lumière des appliques en verre moulé imitant des fleurs de datura. Il était question de l'arrestation d'un brave bourgeois certainement accusé à tort de s'être débarrassé de quelques maîtresses pour d'obscures raisons financières. À court de preuves, ces messieurs de la police s'étaient mis en tête que leur suspect avait fait brûler les restes de ses victimes dans une simple chaudière à bois ! Que n'allait-on imaginer ! Encore un pauvre homme à qui l'on reprochait d'avoir trop aimé les femmes ! De toute évidence, les journalistes faisaient mousser cette histoire pour vendre du papier aux dépens de l'assassin du jour, ce Henri Landru. Et pendant ce temps on laissait courir le bourreau de tonton, lesté des diamants qu'il avait soustraits à l'héritage ! Mais pourquoi ces disparitions de femmes intéressaient-elles sœur Incarnacion ?

Ferdinand comprit que l'article qu'elle avait voulu conserver était imprimé de l'autre côté de ce coupon. On pouvait y lire un compte rendu intitulé « Crime au palace ! » avec un commentaire désespéré du directeur de cet établissement. Les grands-ducs et les magnats de l'or noir – le charbon – n'avaient nulle envie de séjourner dans un gourbi où l'on se faisait étriper, ils fuyaient en direction du Ritz ou de l'Excelsior, où les rats d'hôtel vous laissaient au moins une chance de survivre. D'autres récits avaient pour titres « L'auberge rouge de Lupin », « La mort pour une poignée de diamants » ou « Le mystérieux héritier sorti de nulle part ». Le dessin qui illustrait ce dernier texte montrait un digne vieillard à monocle agonisant au pied d'un berceau. Ferdinand comprit qu'il était censé se trouver dans le berceau, le journaliste avait dû estimer que l'effet en serait plus saisissant.

Le bébé sorti de nulle part se plongea dans cette lecture édifiante. Les journalistes ne se passionnaient pas tant pour son pauvre oncle que pour « l'ignoble Arsène Lupin » qui laissait désormais des cadavres dans son sillage. Il nota que le journaliste relatait l'affaire avec plus de détails que ne l'avaient fait les policiers. D'autres messieurs bien informés avaient intitulé leurs papiers « Le fauteuil sanglant », « Massacre au palace » ou « Les joyaux de la peur ». Ils avaient de l'imagination à dix sous la ligne. Ces lectures permirent au moins au bébé mystérieux de reconstituer l'ensemble des faits. Le soir du crime, « la sculpturale nurse du millionnaire », formule pleine de sous-entendus qui donnait à imaginer une plantureuse créature cintrée dans un uniforme trop petit de partout, « une ancienne danseuse récemment entrée en religion », autant dire une mauvaise fille repentie, s'était rendue à « une conférence sur de pieux sujets en compagnie de son directeur de conscience », un nommé Zébulon Cousin.

Une conférence avec un prêtre ? Et pourquoi pas une audience papale ? Ferdinand imaginait beaucoup mieux la nonne aux escarpins rouges sur le parquet d'une salle de danse, dans les bras d'un partenaire de tango, après s'être arrêtée aux vestiaires pour troquer sa robe de nonne contre un fourreau échancré jusqu'à la hanche. Dieu n'avait jamais dit « Le tango tu ne danseras pas », ce n'était pas le onzième commandement ; le septième jour il s'était reposé de son dur labeur, et sœur Incarnacion était du genre à suivre cet exemple-là.

Lorsqu'elle était revenue prendre son service à l'Élysée-Palace, le lendemain à l'aube, la police s'était depuis longtemps emparée des lieux avec la sagacité dont elle était coutumière. La nonne avait appris qu'un client de l'hôtel s'était plaint de voir un liquide rouge suinter du plafond, et l'agitation n'avait pas cessé de la nuit. Capable de toutes les suspicions, le commissaire Ganimard avait exigé que la pieuse personne lui soumette un alibi pour l'heure du crime. D'après la police, le personnel de la « salle de conférences » avait confirmé qu'elle s'était livrée « à de saintes occupations » jusqu'à minuit passé – Ferdinand sentit que l'hypothèse du dancing se renforçait.

Juste après la découverte du crime, on avait trouvé une carte de visite au nom d'Arsène Lupin dans le coffre de la suite. Non content d'avoir pourfendu d'un coup de sabre le richissime collectionneur de diamants rouges, les plus rares du monde, Arsène Lupin avait multiplié les manigances pour mettre en échec la célérité des forces de l'ordre. Il avait sauté par une fenêtre devant plusieurs témoins, s'était reçu dans les auvents de l'hôtel, était monté dans un bolide qui l'attendait non loin et s'était enfui au nez et à la barbe de la police parisienne à une vitesse insensée d'au moins 80 km/heure qui avait cloué ses poursuivants sur le pavé.

Ferdinand sentit un fond de causticité dans le ton du rédacteur. Encore un dont on n'avait pas dû réussir à récupérer le portefeuille soustrait par un pickpocket dans le métro aux heures de pointe. Toutes les victimes de Paris croyaient avoir subi les fourberies d'Arsène Lupin et reprochaient à la Sûreté de ne pas l'empêcher de nuire.

La thèse officielle était que la crapule publique numéro un avait bâclé le travail. Mal renseigné, Lupin avait été surpris par le collectionneur dont il venait de forcer le coffre, pourtant réputé inviolable – le directeur de l'Élysée-Palace insistait beaucoup sur ce détail.

Un reporter plus curieux que les autres avait obtenu un entretien avec le médecin personnel de l'oncle Aristide, le Dr Marcel Gamin. Ce praticien s'épanchait sur le délabrement général qu'il avait diagnostiqué chez son patient. De son point de vue, Lupin avait assassiné un moribond à qui l'épidémie de grippe espagnole ne laissait aucune chance de survie et qui ne végétait depuis des mois que grâce aux soins quotidiens de l'infirmière que le docteur avait placée auprès de lui. Lupin s'en était pris à un malade, sa sinistre réputation de cruauté ne ressortait pas grandie de l'entretien.

Les articles les plus récents, ceux parus la veille, mentionnaient le nom de l'heureux bénéficiaire du crime, M. Ferdinand Lorphelin, ainsi que sa profession et le fait qu'il habitait Paris.

Ferdinand faillit s'étrangler avec un bout de saucisse. Il ne manquait plus que d'imprimer son adresse complète ! Il se sentit aussi menacé que son cher tonton si généreux. Si cela continuait ainsi, il serait bientôt plus mitraillé qu'un colvert à l'ouverture de la chasse !

11

Cœur de diamant

Ferdinand ne pouvait envisager de retourner dormir chez sœur Incarnacion. Même si la nonne n'avait pas parlé de lui aux ravisseurs, les dames de l'hostellerie ne le laisseraient pas déambuler tout seul entre ces murs. Où aller? Où se réfugier? Il ne pouvait accepter de mettre en danger un de ses amis en se présentant chez lui alors qu'il était pourchassé par des bandits sans foi ni loi. Descendre à l'hôtel sous un faux nom était exclu, on lui demanderait ses papiers pour remplir la fiche de police – à moins de choisir un hôtel borgne, mais la stricte éducation qu'il avait reçue lui provoquait une allergie aux mœurs scabreuses. En fin de compte, regagner son domicile lui sembla la meilleure option. Il y vivait depuis peu, son adresse était inconnue de la plupart des gens, seul un idiot aurait l'idée de le chercher là-bas, il ne risquait donc guère que de voir débarquer les inspecteurs. Le tout était de s'y introduire discrètement, sans se faire repérer, pour le cas où une personne malintentionnée aurait surveillé les lieux.

Il prit la précaution de faire un saut à l'épicerie pour se constituer des réserves. Les commerces de bouche étaient plus calmes que les pharmacies, les herboristeries et les drogueries. Des files d'attente s'étiraient devant celles qui disposaient encore de quinine, d'huile de ricin et de formol. L'aspirine et l'alcool étaient en rupture de stock depuis longtemps. Des affichettes annonçaient que les cinq cents hectolitres de rhum commandés par la municipalité à l'intention des pharmaciens n'avaient pas encore été livrés.

Après avoir constaté que la porte de derrière avait été verrouillée, il se posta non loin de la maison avec son panier à provisions et attendit que quelqu'un entre ou sorte afin de ne pas avoir à tirer le cordon de la loge. Une fois à l'intérieur, il vit que la loge était éclairée et la porte vitrée ouverte. Une quiche agréablement gratinée refroidissait sur la table à manger. Ferdinand songea qu'il lui manquait un plat chaud pour accompagner sa laitue. Il posa la quiche sur le dessus de son panier et laissa quelques grosses pièces.

Dans l'escalier, il salua Zéphyrin Petitfils, son voisin que sœur Incarnacion avait traité d'escroc.

— Voyou, grommela entre ses dents l'employé de banque.

Enfin parvenu chez lui, il constata que l'appartement n'était pas fermé à clé. Après s'être départi de son paletot et de son chapeau, il traversa le salon pour déposer ses provisions dans la cuisine et découvrit avec surprise une jeune femme plongée dans l'un de ses livres favoris – *Vies des douze Césars* de Suétone, édition bilingue. Elle referma l'ouvrage et le déposa sur le guéridon.

— Eh bien ! Ce n'est pas gai ! déclara-t-elle avant de se lever.

Les mots qu'elle prononça ensuite le choquèrent encore plus que cette opinion lapidaire sur les chefs-d'œuvre de la littérature latine.

— Mon chéri ! Nous voilà enfin réunis ! Si tu savais comme tu m'as manqué !

Comme il demeurait perplexe devant cette intrusion dans son logement, dans sa bibliothèque et dans ses admirations littéraires, l'inconnue crut nécessaire d'ajouter deux mots d'explication.

— Tu ne me reconnais pas ? Adonie ! Adonie Bonnefille ! Ta fiancée de Meudon !

Elle lui mit sous le nez un petit anneau orné d'un brillant microscopique.

— Tu vois, je n'ai jamais quitté la bague que tu m'avais offerte pour nos fiançailles !

Il resta pétrifié, incapable de se rappeler Meudon, la jeune personne ou une quelconque promesse de mariage. Son expression de stupeur ne sembla pas déranger sa promise, qui le jaugea de la tête aux pieds.

— Tu t'es étoffé, mon amour. Tu as fait de l'exercice, non ? Tu parais plus grand, plus élancé. Tu portes des talonnettes ?

— Non, répondit Ferdinand sur le ton d'un soldat prisonnier à qui l'ennemi essaie de soutirer le nombre de mitrailleuses dans la tranchée d'en face.

Sa froideur indisposa sa future épouse.

— Tu n'as tout de même pas oublié que tu as eu ma primeur, mon chéri ?

— Votre primeur ? répéta Ferdinand, dont la température interne venait de passer en dessous du zéro.

Il apparut qu'il lui avait promis le mariage par un après-midi torride dans les jardins de Meudon. Tandis qu'elle s'étendait sur les délices des promenades coquines dans la nature, le fiancé eut l'impression que le projet de cette intruse était de remplacer le diamant ridicule qui ornait son doigt par un vrai, un gros, et aussi rouge que les joues de son fiancé.

Il n'avait pas encore hérité la fortune qui lui permettrait d'entretenir une petite famille que déjà une épouse possiblement suivie d'un petit bâtard lui tombait dessus ! Ferdinand aimait sa tranquillité plus encore que les diamants ; si les seconds venaient contrarier la première, l'intérêt de cet héritage baissait énormément.

— À quel point torride, cet après-midi à Meudon ? s'informa-t-il avec angoisse.

— Oh, au moins 28 degrés à l'ombre, mon grand fou, répondit sa promise en s'approchant plus près.

— Quand était-ce ? demanda-t-il avec une affabilité d'inquisiteur.

— Quand nous avons fait ce voyage en train, tu ne te souviens pas ? Tu as été gazé pendant la guerre, dis-moi ?

— Ça fait combien d'années ?

— Oh, c'est tout récent... Deux ou trois, peut-être...

— La roseraie de Meudon a fermé pendant toute la durée de la guerre, les jardiniers avaient été mobilisés, alors ça fait au moins cinq ans. Vous êtes sûre que c'était moi ?

Adonie le considéra avec étonnement. Vu tout ce qui s'était passé depuis, les combats, le rationnement, l'épidémie, le malheureux avait sans doute un peu perdu la tête. C'était bien la première fois que ses rondeurs n'imprimaient pas un souvenir indélébile dans la mémoire d'un homme. Heureusement, elle était prête à montrer de la patience envers un amnésique cousu d'or, il fallait avoir de la compassion envers nos héros qui s'étaient sacrifiés pour nous et qui pouvaient encore le faire.

— Les Boches ne t'ont pas emporté un bout de cervelle, au moins ? Tu sors d'un hospice militaire ? C'est pour ça que je n'ai reçu aucune de tes lettres ?

— Ce doit être parce que je n'en ai pas écrit, répondit l'amnésique.

Elle lui reprocha de la voussoyer, ça mettait de la distance entre eux.

— Nous qui avons été si proches..., dit-elle en se collant à lui.

— Proches à quel point ?

— Dis donc, c'est plus grave que ce que je croyais !

Elle se haussa sur la pointe des pieds et l'embrassa sans sommations.

— Tu te rappelles notre baiser de fiançailles, maintenant ? demanda-t-elle avec l'espoir que sa thérapie réussirait là où celle des médecins militaires avait visiblement échoué.

Le baiser causa au fiancé du soulagement à défaut d'un autre sentiment. L'éventualité d'une progéniture illégitime semblait exclue. Il fallait prier pour que leurs rapports aient conservé cet accent de chasteté.

Ces élans d'affection sous les palétuviers l'avaient beaucoup plus marquée que lui. Surtout depuis qu'elle avait lu dans le journal qu'elle était fiancée à un millionnaire en puissance.

— Tu les as ici ? demanda-t-elle en cherchant des yeux un coffre-fort. Je n'ai jamais vu un diamant rouge, tu sais.

Lui non plus, c'était d'ailleurs son principal motif de consternation jusqu'à l'arrivée de la jeune femme.

— J'ai toujours rêvé de posséder des bijoux prestigieux, reprit-elle en s'asseyant dans le fauteuil de manière à dévoiler une paire de jambes à qui la mode d'après-guerre, très raccourcie, seyait parfaitement. On m'a toujours dit que le rouge m'allait au teint.

— Ma chère amie, comment te dire... J'ai une vie compliquée, en ce moment...

Adonie Bonnefille n'était visiblement pas disposée à l'écouter parler d'autre chose que de leur patrimoine conjugal.

— Je n'en doute pas, mon chéri. On voit bien qu'il manque une femme, ici.

Elle avait d'ailleurs profité de l'attente pour mettre de l'ordre. Il chercha des yeux ses notes sur Pétrarque, un entassement de vieux papiers chers à son cœur.

— Où sont mes travaux en cours ?

— Dans la commode de la chambre, entre tes chaussettes et tes caleçons. Je ne voulais pas voir ça dans le salon.

Il pouvait dire adieu au classement très personnel de ses petites affaires.

— Le désordre, c'est la moitié de la vie d'un célibataire ! protesta-t-il.

— Dieu soit loué, tu n'es plus célibataire, mon chéri.

Ferdinand songea tout à coup qu'il avait peut-être affaire à un Arsène Lupin femelle envoyée par le gentleman manipulateur.

— Comment es-tu entrée?

— Le concierge m'a ouvert. Il n'allait pas laisser ta fiancée dans l'escalier. J'ai juste dû attendre qu'il mette sa quiche au four.

— Il ne manque pas d'air, celui-là!

— Il est adorable, il m'a dit que j'étais la meilleure chose qui pouvait t'arriver. Tiens! Une quiche aux poireaux! ajouta-t-elle en apercevant le plat dans le panier à provisions.

Elle quitta son fauteuil pour s'occuper des courses tout en livrant à son fiancé, depuis la cuisine, l'idée qu'elle se faisait de leur avenir. Elle dépensait par anticipation le fabuleux héritage mentionné dans la presse. Il leur fallait un appartement plus spacieux et mieux situé, une voiture avec chauffeur et un domaine à la campagne, le plus vaste possible, pour les fins de semaines. Ferdinand se demanda si un seul oncle à héritage allait suffire.

— Parce qu'on a beau dire, conclut-elle : l'argent, c'est la liberté!

Il fit « oui » de la tête en se promettant d'acheter dès que possible un coûteux billet de croisière en cabine de première qui lui permettrait de jouir de sa liberté dans une contrée lointaine. Il ressentait subitement une irrépressible envie de visiter l'Argentine et la Terre de feu où son bienfaiteur avait vécu.

On frappa à la porte, ce qu'il prit comme un signe divin relayé par les anges. Il se hâta d'ouvrir à son sauveur. Ce dernier parut sous les traits de son voisin juriste, non le grossier personnage qui l'avait battu froid vingt minutes plus tôt, mais le cher homme qui avait aidé à hisser la malle d'Incarnacion et qui venait à présent lui porter secours au milieu des périls des fiançailles.

— J'ai vu que vous étiez rentré, dit M. Grandfrère. Si la dame de l'autre jour n'est pas là, peut-être pourrions-nous discuter sérieusement de vos investissements ?

— Il n'y a pas d'investissements, répondit Ferdinand, on ne m'a rien envoyé à part du plomb. Mais vous tombez à pic.

Il fit les présentations.

— Maurice Grandfrère, éminent juriste diplômé, Adonie Bonnefille, une amie qui souhaite m'épouser au plus vite.

Il résuma la situation : la jeune femme estimait avoir reçu une promesse de mariage sous la forme d'un baiser dans les jardins de Meudon et d'une bague ornée d'un diamant. Seul ce dernier mot retint l'attention du visiteur.

— Ça y est ? Vous tenez vos diamants ?

— Non. Il est tout petit. C'était il y a cinq ans.

Pour preuve de sa pauvreté, il exhiba la main d'Adonie, et le voisin vit bien qu'on n'avait pas découvert les mines du roi Salomon.

— Vous vous souvenez de vos recommandations ? dit Ferdinand. Vous m'aviez prédit qu'une foule de gens me sauteraient dessus pour mon argent. Eh bien, voilà la foule !

Maurice Grandfrère considéra Adonie avec l'expression du volailler qui évalue le poids de la pintade.

— En somme, mademoiselle estime qu'un baiser à Meudon constitue promesse d'engagement marital ? Ce baiser a-t-il été échangé devant témoins ?

J'entends par témoins deux personnes majeures ou émancipées, inscrites sur les listes électorales, non employées comme domestiques et dont le casier judiciaire serait vierge.

— Comment ça, vierge ? rétorqua Adonie sur le ton d'une dinde de Noël mécontente de s'entendre dire qu'elle a été fourrée. Écoutez, arrêtons le blabla. Vous m'avez l'air honnête et compétent. Quand nous serons mariés, Ferdinand aura besoin de conseils éclairés pour placer nos avoirs.

Le juriste se tourna vers son futur client.

— Épousez-la tout de suite.

Avant de laisser les tourtereaux roucouler en paix, il glissa à la promise :

— S'il résiste, venez me voir, je vous aiderai à porter plainte pour détournement de vertu.

Quand la porte se fut refermée sur l'honnête conseiller, Adonie revint se frotter contre son amour de toujours.

— Mon chéri, heureusement que je suis là pour t'empêcher de tomber entre les griffes d'aventuriers qui n'en voudraient qu'à tes biens !

— Oui, heureusement, dit Ferdinand tandis qu'une main manucurée s'égarait dans les boutons de son gilet.

12

Proposition indécente

Après qu'Adonie Bonnefille eut bien voulu le laisser seul pour lui permettre de récupérer de ses émotions, Ferdinand put à nouveau réfléchir à son problème – son premier problème, celui qui lui était tombé dessus avant l'irruption de la demoiselle. Il estima nécessaire de rencontrer les protagonistes du drame, c'est-à-dire les personnes liées de près ou de loin à l'assassinat de l'oncle Aristide. Selon les articles de presse qu'il avait lus à la brasserie, sœur Incarnacion prétendait être allée écouter des lectures pieuses en compagnie d'un M. Zébulon Cousin pendant qu'on pourfendait son patron. Ce M. Cousin était intéressant à plus d'un titre : d'abord il était le seul ami de la nonne dont Ferdinand sût le nom, ensuite il avait fourni à celle-ci un alibi pour la nuit du meurtre, et enfin Ferdinand était à court d'idées. Or il tenait à s'éloigner d'ici avant le retour d'une jeune femme aussi affriolante que la fiancée de Frankenstein.

Le bottin lui fournit l'adresse de Zébulon Cousin, 8 rue Fringale-Coquette dans le Marais. Ferdinand griffonna un mot pour dire à sa fiancée de ne pas l'attendre, au cas où elle se ferait à nouveau ouvrir l'appartement par le concierge, et quitta son domicile comme Loth et ses filles lors de la pluie de feu : sans se retourner.

Un taxi le déposa devant la maison qu'occupait l'amateur de conférences édifiantes. La gardienne lui indiqua l'étage – le cinquième, celui des personnes qui ont les mollets plus musclés que le compte en banque.

Zébulon Cousin avait beau habiter juste au-dessous du ciel, l'homme qui répondit aux trois petits coups frappés par le visiteur n'avait rien d'une grenouille de bénitier. Par l'étroite ouverture de la porte, Ferdinand aperçut un corps longiligne en tricot de peau et un visage mal rasé, surmonté de frisettes plantées dans des cheveux noir de jais qui devaient avoir été repeints de frais. Il se présenta.

— Bonjour monsieur, pardonnez-moi de vous déranger, je m'appelle Ferdinand Lorphelin.

— J'ai déjà mes pauvres ! répondit l'homme aux frisettes en refermant la porte.

— Je suis le neveu de M. Lepère ! ajouta vivement l'intrus. Le mort de l'Élysée-Palace !

La porte se rouvrit comme si Ali Baba avait crié « Sésame ! ».

— Ah, l'héritier ! s'exclama un sourire garni de dents un peu jaunes. Entrez donc, très cher !

Zébulon Cousin était un grand type mince et souple de partout qui bougeait comme un chat et qui, pareil à ce félin, prenait grand soin de sa toison. Son visage s'ornait d'une fine moustache noire d'hidalgo ou de toréador. Il introduisit son hôte dans un intérieur étriqué qui sentait la pommade et l'eau de Cologne bon marché.

— Que me vaut l'immense plaisir, très cher? demanda le directeur de conscience gominé après avoir débarrassé un siège des vêtements qui y traînaient.

— J'ai lu dans la presse que vous aviez emmené sœur Incarnacion à une lecture pieuse le soir où mon oncle a été assassiné.

— À une quoi? dit Zébulon. Ah! Oui. Bien sûr.

On ne pouvait pas dire qu'il avait une tête à rester assis deux heures pour suivre les réflexions d'un théologien sur les multiples formes que peut prendre la manifestation de la volonté divine. Les photos qui s'étalaient sur les murs étaient en revanche très similaires à celles qui décoraient certaines chambres de l'hostellerie conventuelle. Cela tanguait, valsait, polkait et, parfois même, cela charlestonnait avec ardeur.

— Pourriez-vous m'indiquer où avait lieu cette conférence sur des sujets religieux? s'enquit Ferdinand.

— À l'Alcazar, répondit Zébulon sans se démonter. Le lundi, c'est « danses exotiques ». Dans le respect de la morale chrétienne, bien entendu.

Zébulon Cousin était danseur mondain de profession; le genre d'éternel jeune homme qui hante les salles de bal où des dames mûres viennent s'amuser, les fins de semaines, entre une pâtisserie et une tasse de thé. Il suffisait de jeter un coup d'œil à la pièce pour voir qu'il possédait tout l'attirail, depuis le costume cousu sur lui jusqu'à la trousse de manucure.

Comme Ferdinand lui demandait s'il connaissait l'oncle Aristide, Zébulon répondit bien volontiers qu'il l'avait rencontré chaque fois qu'il était venu chercher Incarnacion pour l'emmener prier dans le temple de Terpsichore[1]. Lorsqu'il était en avance, il lui était arrivé de taper le carton avec le vieux en attendant qu'elle ait fini de lui préparer ses remèdes du soir.

— Taper le carton? répéta Ferdinand.

— C'était un fou de la belote bridgée.

— Ah. C'est un peu comme la bataille?

— Si vous voulez. Avec des mises. Je ne sais pas où pépère avait appris à jouer comme ça, il trichait comme un furieux. Je le laissais faire pour ne pas contrarier Caram… sœur Incarnacion.

— Elle a très bon cœur, répondit Ferdinand, c'est une sainte femme.

— Oui, c'est ça. Et puis je crois qu'elle se plaçait pour faire inscrire son nom dans le testament. Ce n'était pas le moment de contrarier pépère pour des bricoles, hein?

Ferdinand fut choqué.

— Sous-entendez-vous qu'elle prenait ses devoirs à la légère?

— Au contraire! Il lui aurait été facile de rejoindre pépère au lit, croyez-moi! N'importe quel bonhomme de cet âge se damnerait pour tripoter un corps pareil! Je l'ai souvent entre les mains, je sais comment elle

1. Muse de la danse.

est faite. Mais elle m'a juré qu'elle ne l'avait même pas laissé lui voler un bisou. Elle est chaste avec un grand *C*.

— Tant mieux, dit Ferdinand, qui commençait à soupçonner la religieuse d'avoir posé ses escarpins rouges dans le pré carré de son héritage. Elle ne dansait pas avec tonton, alors ?

Zébulon perçut l'inquiétude de son interlocuteur.

— Très cher, si Incarnacion s'était mis en tête de vous piquer vos diamants, vous auriez hérité d'un tas de charbon trop petit pour vous chauffer cet hiver. Non, elle voulait sa part, c'est tout : la juste reconnaissance de son dévouement par ces temps épidémiques. Il n'était pas facile, le tonton, vous savez, c'était un roué. Égoïste. Dépensier pour lui-même, rapiat pour les autres. On habite un palais et on refuse de vous payer le taxi pour aller écouter des conférences sur la religion, vous voyez le genre.

Ferdinand voyait très bien. Lupin avait vu aussi. Pas étonnant qu'il se soit intéressé au cas Lepère, c'était tout à fait la sorte de pingre aux poches pleines qu'il aimait détrousser.

— Votre oncle était un dur à cuire pas du tout accessible aux soucis de ses contemporains. Et croyez-moi, je lui ai touché un mot des miens entre le valet de pique et la dame de trèfle. Si Incarnacion voulait figurer dans ses dernières volontés, il y avait du travail. Ça a raté, d'après ce que j'ai compris. Elle n'a pas eu le temps de lui faire écrire son nom sur la bonne ligne.

— Il a quand même écrit son nom quelque part, dit Ferdinand. Il m'a légué sa gouvernante en même temps que ses diamants et je n'ai reçu que la première.

Ferdinand comprit tout à coup que le vieux renard avait reporté sur lui la récompense promise à l'infirmière ! Au lieu de léguer une somme à la nonne, il avait légué la nonne à son héritier, et débrouillez-vous ensemble ! Un peu comme Dieu le Père léguant le jardin d'Éden à Adam et Eve avec la pomme, le serpent et un mode d'emploi lacunaire !

— Si Lupin a tué mon oncle et pris les diamants, je peux faire une croix sur mon bien, dit-il d'une voix sombre.

— Je ne crois pas que Lupin ait tué votre oncle, dit Zébulon Cousin en ôtant une à une les barrettes de ses cheveux devant une petite glace clouée à la cloison. Voyez-vous, très cher, mon métier m'a permis de développer un sens aigu de l'observation. Je pense que l'assassin est quelqu'un de l'entourage d'Aristide. Pas un gentleman cambrioleur de passage qui, en plus, a failli se faire pincer. À mon avis, l'assassin a eu le temps d'observer pépère, il avait la possibilité de fouiner dans ses affaires et il gardait l'œil sur le magot depuis longtemps.

Ferdinand estima que cela ne changeait pas grand-chose pour lui.

— Si l'assassin auquel vous pensez est parvenu à ses fins, il doit être loin, à l'heure qu'il est.

Zébulon fit une grimace en démêlant ses frisures. Son visiteur eut l'impression qu'il avait souri.

— Je ne crois pas qu'il ait mis la main dessus, dit le danseur. Il s'est passé quelque chose d'inattendu, cette nuit-là. Normalement, quand Lupin opère, il ne fait pas de vagues, il est aussi fluide qu'une figure de tango, rien n'achoppe, on comprend l'étendue de la prouesse une fois qu'elle a été accomplie. Là, ça a foiré d'un bout à l'autre. Je pense qu'ils étaient deux, qu'ils se sont marché sur les pieds et se sont gênés l'un l'autre. Fiez-vous à moi, très cher : dans mon métier, je sais reconnaître un faux pas.

Il donna un dernier coup de gomina à sa toison pour en fixer les mèches artistement bouclées et conclut :

— Je pense que ni Lupin ni l'autre n'ont attrapé les diamants.

— Vous croyez qu'ils sont toujours dans la suite de l'Élysée-Palace ? s'écria Ferdinand, l'éclat des joyaux plein les yeux.

Zébulon prit un papier, un crayon, et les déposa sur la table devant son visiteur.

— Écrivez. « Par la présente, je promets dix pour-cents de la valeur de mes diamants à M. Zébulon Cousin. Je lui remettrai cette somme ou sa contre-partie en pierres précieuses dès que celles-ci seront en ma possession. »

— C'est rude, commenta le rédacteur.

— Mieux vaut renoncer à 10 % d'une fortune que rester l'unique propriétaire de rien.

— Vous me prenez pour l'une de vos danseuses ? Pourquoi n'allez-vous pas voir la police si vous savez des choses ?

— Ne dites pas de gros mots chez moi. Et puis, la police, elle me rira au nez si je réclame une récompense. Tandis que vous, vous ne riez pas.

Ferdinand sentit que son associé était sur le point de se fâcher, il se hâta d'écrire et de signer. Zébulon alla chercher sa voisine de palier pour ratifier le document en tant que témoin.

— Voici M. Lorphelin, déclara-t-il.

— Oh ! Mes condoléances ! dit la voisine.

Ferdinand se demanda si elle était au courant du meurtre ou si c'était l'habituelle méprise causée par son patronyme. Zébulon la pria de leur rendre un petit service car « son ami devait enterrer Aristide Lepère ». Il lui dicta ce qu'elle devait écrire : « Je soussignée Berthe Placé, déclare signer le présent document en présence de M. Ferdinand Lorphelin. »

— Encore toute ma sympathie pour votre malheur, dit-elle avant de regagner son logement.

À présent que les deux hommes s'étaient fait des promesses, Zébulon s'engagea à lui retrouver ses diamants sous deux jours.

Ferdinand avait des doutes. Ce valseur professionnel était homme à faire ses entrechats avec n'importe quel partenaire, y compris l'assassin si ce dernier lui offrait de meilleures perspectives. Voire avec Arsène Lupin ! Pourquoi pas ? Il y avait un inconvénient à s'allier avec des malhonnêtes : c'était leur malhonnêteté.

13

Dr Gamin, je présume ?

Après avoir laissé Zébulon Cousin se livrer aux soins corporels essentiels à l'exercice de sa profession, Ferdinand alla s'asseoir un moment sur un banc public. Il n'en avait pas tout à fait fini avec les noms cités dans les articles de journaux conservés par sœur Incarnacion. Il prit une coupure de presse rangée dans une poche de sa veste et la déplia pour la relire. C'était celle où l'on mentionnait l'identité du médecin qui avait soigné l'oncle Aristide dès le début de l'épidémie.

Ferdinand était au milieu de sa lecture quand deux messieurs d'âge mûr s'assirent de l'autre côté du banc. Leur visage était couvert de masques vraisemblablement fabriqués par leurs épouses à partir de vieux maillots de corps usés.

— On ne devrait pas l'appeler « grippe espagnole », dit l'un, il paraît qu'elle vient des États-Unis.

— On ne va pas l'appeler « grippe américaine », dit l'autre, les Américains sont nos alliés, ils nous ont aidés à mettre la pâtée aux Allemands ; tandis que les

Espagnols sont restés assis sur leur postérieur, on ne leur doit rien. Cette grippe est espagnole.

Eux aussi avaient un journal. Ils y lurent la directive médicale du jour, qui recommandait « la révulsion au moyen d'enveloppements sinapisés ou de ventouses scarifiées ». La saignée avait aussi ses partisans. On était revenu chez Molière.

— Si la maladie nous épargne, la médecine ne nous ratera pas ! dit l'un.

L'Institut Pasteur s'apprêtait à expérimenter un triple vaccin dans une localité bretonne.

— Où ça ? J'y cours !

— Ils ont choisi cet endroit parce que ses habitants tombent comme des mouches.

— J'attendrai, laissons la science progresser.

Les deux promeneurs ayant repris leur chemin, Ferdinand put se concentrer sur le coupon de presse. Le rédacteur informait l'aimable lectorat que le Dr Marcel Gamin avait déjà été cité dans une affaire criminelle quelques années plus tôt. En tant qu'expert assermenté auprès des tribunaux, il avait examiné un financier nommé Albert Lenfant, accusé d'avoir détourné des sommes fabuleuses au détriment de la banque qui l'employait. Le Dr Gamin avait témoigné que ce Lenfant souffrait d'une amnésie traumatique consécutive au choc de son arrestation. De fait, on n'avait jamais retrouvé l'argent volé, dont le prévenu affirmait ne pas se rappeler où il l'avait caché. Albert Lenfant avait été condamné au bagne, c'est-à-dire à la déportation en Guyane pour le reste de ses jours.

Ferdinand fut frappé par la coïncidence. Deux clients du Dr Gamin avaient séjourné à Cayenne à la même époque! Certes, si cet expert avait l'habitude de statuer sur l'état mental des accusés, certains de ses patients devaient être en mesure de fonder un club sous les tropiques.

« Tout de même, se dit Ferdinand, voilà un rapprochement inattendu. » Ce concours de circonstances l'incitait à faire un tour au cabinet médical en question.

Il prit un verre dans un bistrot équipé d'une cabine téléphonique et chercha le médecin dans le bottin retenu au mur par une chaînette. « Marcel Gamin, infectiologie et traumatologie mentale, diplômé des hôpitaux de Paris. » Ce combattant des microbes devait être fort occupé en cette période de troisième vague.

À en croire la secrétaire à qui Ferdinand se présenta, il ne l'était pas tant que ça. Le nouveau patient obtint d'être reçu dans la journée. Le montant des honoraires suggéré par la splendeur du cadre devait dissuader bien des infectés.

Une dame entre deux âges, vêtue d'une blouse blanche, coiffée d'un calot et masquée d'un bout de tissu de même nuance lui posa quelques questions préliminaires tout à fait indiscrètes.

— Votre nom, je vous prie?

Ferdinand jugea prudent de ne pas éveiller la suspicion en révélant un patronyme lié à une affaire encore à la une des faits divers : il ne fallait pas inquiéter l'expert.

— Isidore Beautrelet, répondit-il.

La secrétaire retira d'une boîte un masque identique au sien qu'elle lui noua derrière le crâne et le pria de patienter à côté.

Ferdinand passa dans une petite pièce à moulures de stuc et prit place sur une chaise dorée. L'endroit étant complètement désert, il se dit qu'on l'avait bâillonné pour l'empêcher de pousser des cris quand il verrait la facture.

Au bout d'une dizaine de minutes qui représentaient le délai idéal entre « je n'ai rien d'autre à faire » et « au tarif que je pratique, je ne vais pas vous laisser marner trop longtemps », la secrétaire masquée ouvrit une porte et l'invita à entrer.

Marcel Gamin était un homme d'une cinquantaine d'années – l'âge parfait pour impressionner les patients : avant, le manque d'expérience tue la confiance, et, quand vous êtes en fin de carrière, le malade subodore que vous n'êtes plus en prise avec les nouveaux traitements, un soupçon que le médecin tente de compenser par un air d'autorité et des avis tranchants qui ne séduisent pas tout le monde. Sa haute taille aidait aussi à en imposer. Le seul mur du cabinet qui n'était pas couvert d'ouvrages reliés pleine peau s'ornait de trois beaux diplômes encadrés sous verre – l'impression que les honoraires allaient être consistants se confirmait. On était ici chez un spécialiste caviar-champagne, pas chez un généraliste de quartier baguette-beaujolais. Les cheveux du docteur grisonnaient élégamment aux tempes, son nez était chaussé de petits lorgnons dorés typiques d'un homme qui se tient au courant des publications sérieuses, et il portait lui aussi une blouse blanche de monsieur qui sait ce qu'il fait – on n'aurait pas pu mieux choisir pour une illustration théâtrale de la vie de Louis Pasteur ou pour jouer une pièce du Grand

Guignol avec des têtes coupées et du sang qui gicle dans la salle.

— Monsieur Beautrelet, veuillez vous asseoir, dit-il en indiquant un siège de sa main gauche tandis que la droite terminait de rédiger une note sur le déplorable état du précédent visiteur.

Un meuble à roulettes couvert d'aiguilles et de flacons donnait à penser que le docteur ne mégotait pas sur les injections. Tous les espoirs de l'humanité souffrante reposaient sur le vaccin. Or, avant l'épidémie, l'Institut Pasteur avait mis au point un sérum contre les infections à pneumocoques. Certains l'administraient de façon préventive à toute personne qui se sentait faiblir.

— Je sais que des praticiens peu regardants ont recours au produit de Leclainche et Vallée, dit le Dr Gamin. Fuyez-les ! Ce sont des charlatans ! Seul un vaccin breveté par l'Institut Pasteur peut être injecté sans risque ! Tant que nous aurons l'Institut Pasteur, la France sera à l'abri des pandémies, croyez-moi !

« Et puis, au moins, si l'on en meurt, c'est avec l'onction de la Faculté », compléta Ferdinand en lui-même.

— Alors, monsieur Beautrelet, qu'est-ce qui vous amène ? Vous toussez ? Vous avez des maux de tête ? Avez-vous pris votre température ?

De toute évidence, le Dr Gamin ne voyait plus que des naufragés de la troisième vague. Il était temps d'orienter la conversation vers un sujet utile.

— Je ne m'appelle pas réellement Beautrelet, déclara son visiteur. Je suis Lorphelin, le neveu.

La main droite arrêta de courir sur le papier et les yeux aux lorgnons se posèrent sur le supposé fiévreux.

— Le neveu de qui ? demanda Gamin.

— Le neveu de mon oncle Lepère.

Le docteur ajouta « crise de délire » à la liste de symptômes qu'il avait à l'esprit.

— Pourquoi avez-vous pris ce rendez-vous sous un faux nom, monsieur Neveu ?

— Pour semer les assassins à mes trousses, docteur. C'est Lorphelin.

Le diagnostic le plus rapide de sa carrière s'imposa au Dr Gamin.

— Vous vouliez sans doute consulter mon confrère d'en face. Le mercredi, il reçoit à Sainte-Anne.

— J'aurais voulu avoir des renseignements sur le décès de M. Lepère. En tant que neveu. Puisque je suis Lorphelin.

— Je n'ai pas signé de certificat de décès depuis dix ans. Avez-vous contacté les pompes funèbres ?

— C'est à cause de l'assassinat, insista Ferdinand.

— Dans ce cas, c'est à la police que vous devriez vous adresser. Je peux d'ailleurs les appeler pour vous.

Il avait déjà la main sur le combiné, une subtile ambiance d'internement d'office commençait à régner sur la pièce.

— Je n'étais pas là quand on a enterré mon oncle Lepère.

— Je pensais que vous étiez orphelin…

— Aristide Lepère. Mon oncle.

La lumière se fit dans l'esprit du médecin.

— Aristide Lepère ? Vous êtes l'héritier ? Mais que faites-vous ici ? Vous n'étiez pas censé…

— Censé faire quoi ?

Marcel Gamin se racla la gorge comme quelqu'un qui en a trop dit.

— Hum hum. J'ai en effet traité votre oncle ces derniers mois. Il était très malade. Que voudriez-vous savoir ?

— Est-ce vous qui lui avez recommandé sœur Incarnacion comme infirmière ?

— En effet. Quand j'ai constaté l'état physique affligeant de votre oncle, je l'ai placée auprès de lui. Mais je suis tenu à la confidentialité…

— Mon oncle est mort, je suis son seul parent, je crois que je peux tout entendre.

Le docteur parut évaluer combien pesait la confidentialité due aux morts face aux vivants qui payent, et le choix fut bientôt fait.

— Votre oncle souffrait d'une maladie très grave, monsieur Lorphelin.

Il retira un dossier d'une armoire, le posa entre eux, l'ouvrit et fit mine de consulter des rapports d'examens.

— C'est bien ce que je me rappelle. Je lui ai conseillé de mettre ses affaires en ordre au plus vite et de se préparer à une issue inévitable. Il a eu la chance d'être merveilleusement épaulé par cette religieuse dévouée. En plus de prendre soin de lui, elle se montrait d'excellent conseil. J'espère qu'il aura eu le temps de disposer de ses biens, malgré sa fin précipitée.

— Oui, il a eu le temps de tout me léguer, répondit Ferdinand.

— Dans ce cas, tout est pour le mieux, répondit Gamin en refermant le dossier d'un coup sec.

Ferdinand eut l'impression que les mots du docteur n'exprimaient pas sa pensée exacte. Il avait employé un ton où perçait de l'agacement, voire de l'inquiétude. Quelque chose dans son attitude gêna le visiteur. Peut-être son manque d'empathie envers le défunt. S'ils avaient été dans un théâtre de boulevard, Ferdinand aurait dit que l'acteur jouait faux. De toute évidence, l'assurance du Dr Gamin s'était fissurée, il semblait pressé de mettre fin à l'entretien. Était-ce parce que la discussion portait sur un patient décédé, ce qui n'est jamais une bonne réclame ? Ou bien une misanthropie naturelle le poussait-elle à estimer qu'on lui faisait perdre son temps ? Était-il déçu de ne pas figurer sur le testament qui avait enrichi l'insignifiant bonhomme assis sur sa jolie chaise en acajou ? S'était-il attendu à voir son fâcheux pronostic récompensé d'un diamant rouge ? Combien de gens dans l'entourage d'Aristide Lepère avaient tiré des plans sur la même comète ? Chaque fois que Ferdinand rencontrait un familier de son oncle – la bonne sœur, le médecin, le danseur mondain –, l'éclat des pierres précieuses illuminait la conversation. Tonton Aristide avait été un personnage médiocre auquel les joyaux donnaient de l'intérêt, un peu comme une main fripée ornée d'un énorme brillant attire les regards.

— Bien, dit Gamin. Je crois que nous avons fait le tour de la question.

Ferdinand en vint à croire que cet homme avait hâte de se débarrasser de lui.

— Quelle était la maladie de mon oncle, docteur?

Marcel Gamin répondit à contrecœur qu'Aristide Lepère souffrait d'un désordre général consécutif à un mode de vie épuisant aggravé par un long défaut d'hygiène, ce qui était sans doute une façon polie d'évoquer ses années de détention. Ses organes étaient à bout. Dans ces conditions, comment survivre à une épidémie mondiale?

— Je lui ai prescrit de l'or colloïdal et de l'électrargol en piqûres intraveineuses et en lavements.

Le patient avait échappé aux deux premières vagues grâce à une stricte réclusion dans sa suite de l'Élysée-Palace. Mais aucun médecin sérieux n'aurait parié sur sa résistance à une troisième salve dévastatrice pour les loques humaines dans son genre. Le Dr Gamin ne doutait pas qu'il aurait gagné son pari si l'assassin ne s'était pas montré plus rapide que le microbe.

Présenté de cette façon, on avait l'impression que le but du tueur avait été de donner tort au prescripteur. Ferdinand se demanda s'il devait ranger Marcel Gamin parmi les suspects.

— Il était voué à succomber d'un jour à l'autre, conclut ce dernier.

— C'est d'ailleurs ce qui s'est produit, nota Ferdinand. Il a péri d'une crise de sabre dans la poitrine.

— Hélas! Mon pronostic aurait été confirmé si Arsène Lupin n'avait pas fait des siennes.

— Certes, dit Ferdinand. L'assassin a triché. La médecine a encore du mal à prévoir les meurtres.

— On ne peut pas nous demander d'annoncer un décès au jour près.

— À l'année près, corrigea le visiteur.

— Votre oncle avait déjà survécu à tant de fièvres tropicales, de morsures, d'infections ! Les cas particuliers échappent aux spéculations.

Ferdinand désespérait d'en apprendre davantage quand du bruit se fit entendre de l'autre côté de la porte. Quelqu'un frappait le plancher, des gens s'exclamaient et poussaient des cris. Le Dr Gamin se leva pour aller voir. Dans la pièce contiguë, son assistante était aux prises avec un patient en chemise qui se tordait sur le parquet, la bave aux lèvres.

— Docteur, ce monsieur fait un malaise !

— Appelez une ambulance, je suis en rendez-vous, répondit son patron.

— Oh mon Dieu, oh mon Dieu, répéta la secrétaire en blouse blanche. Je venais juste de lui faire son injection de vaccin !

Marcel Gamin remarqua la manche relevée et la seringue posée sur un plateau.

— N'appelez personne, je m'en occupe.

Il rentra dans son cabinet chercher d'autres seringues sans plus se préoccuper de son visiteur.

— Excusez-moi, une urgence, encore un patient qui s'écoute.

Apparemment, l'onction divine liée au nom de l'Institut Pasteur ne faisait pas le même effet à tout le monde, il y avait des nerveux qui se laissaient aller à contrarier le corps médical. S'étant saisi de tout le nécessaire, le docteur courut au secours du malade, de son assistante et de sa réputation.

Resté seul dans le bureau, Ferdinand profita de cette interruption providentielle pour ouvrir le dossier posé sur la table. Il constata avec surprise qu'il était presque vide. Il ne contenait que des analyses de sang et d'urine d'une grande banalité et des notes sur les pulsations d'un cœur encore solide. Qu'est-ce que c'était que cette histoire de santé déclinante et de résistance amoindrie ? N'avait-on pas fait croire à tonton qu'il périclitait alors que c'était faux ? Cela sentait le détournement d'héritage. L'idée que le médecin était en cheville avec la religieuse ouvrait des perspectives nouvelles sur toute l'affaire. Si c'était le cas, l'héritier avait eu chaud. Il n'aurait pas été étonné d'apprendre l'existence d'un infâme complot destiné à susciter la reconnaissance d'Aristide envers les deux anges gardiens qui faisaient semblant de lui sauver la vie. Sans le coup de sabre, qui sait quel légataire le testament aurait fini par désigner ! Le millionnaire aurait pu tout laisser à d'odieux bienfaiteurs au lieu de faire le bonheur de son cher parent qu'il n'avait jamais vu !

Ferdinand referma le dossier vide et se dirigea vers la sortie avec la plus grande discrétion. Dans la pièce à côté, un bonhomme, la bave aux lèvres, se roulait par terre en s'efforçant d'agripper tout ce qui était à sa portée : pied de chaise, pan de blouse, bras du médecin. Le cabinet était dans un désordre inexprimable. Le patient suivant assistait au spectacle avec horreur. La face verdâtre, le vacciné se redressa juste assez pour saisir son sauveur par le col.

— C'est... c'est... c'est votre vaccin, docteur !

— Mais non ! rétorqua le Dr Gamin avec indignation. Je vais vous faire une piqûre, vous allez voir, vous vous sentirez beaucoup mieux !

« Et puis ça vous fera taire », semblait penser le vaccinateur.

Ferdinand s'enfuit tandis que Frankenstein et son valet Igor s'efforçaient de maîtriser leur créature déchaînée.

14

Seuls les diamants sont éternels

La marche à pied est un excellent exercice qui favorise la réflexion. La réflexion de Ferdinand le conduisit à penser, entre le pont d'Iéna et le quai d'Orsay, que plusieurs personnes s'étaient attaquées à son oncle dans le but de mettre la main sur sa fortune. Restait à savoir si le Dr Gamin maniait le sabre précolombien ou s'il se contentait de résoudre les problèmes de piqûres par d'autres piqûres.

Dans la seconde hypothèse, un autre prédateur avait appliqué au tonton des méthodes encore plus radicales. Échapper aux serpents de Cayenne pour finir dans un nid de frelons, quelle ironie ! Il espéra que l'oncle Aristide avait lu Sénèque, seul le stoïcisme romain pouvait le préparer à subir pareilles déceptions. *O tempora, o mores !*

Ferdinand marcha jusqu'à l'étude de Me Aumaric Filleul. Le notaire ne se fit pas prier pour recevoir son client le plus endiamanté. Ce dernier exprima son désir de visiter la suite de l'Élysée-Palace où avait vécu son oncle. Après tout, son contenu lui appartenait. Le problème était qu'aux dernières nouvelles la police avait posé des scellés, comme il est d'usage dans les endroits où se sont commis des crimes abominables.

Le notaire décrocha le combiné de l'appareil téléphonique plaqué ivoire posé sur son bureau.

— Judicieuse invention, ce téléphone ! Ça permet d'obtenir des faveurs comme si on disposait d'un génie dans une bouteille !

Il pria la demoiselle des Postes et Télégrammes de lui passer l'inspecteur Béchoux, à la Sûreté. Une fois joint, celui-ci admit que les séquestres n'étaient plus nécessaires à l'enquête. L'héritier était autorisé à se rendre sur place. Théodore Béchoux se proposait d'ailleurs de l'y rejoindre pour lui poser quelques questions subsidiaires.

Ferdinand subodora que ces questions allaient porter sur sa disparition du refuge où Béchoux l'avait cantonné deux jours plus tôt. Il remercia le notaire pour son efficacité et se hâta de courir aux Champs-Élysées, où il ne comptait pas s'attarder assez longtemps pour laisser à l'inspecteur le temps de lui tomber dessus.

Il se présenta au guichet en bois sombre où s'affairaient trois messieurs en livrée bleue et boutons dorés. Un valet un peu usé, décati, coiffé d'un calot tenu par une jugulaire, fut chargé de le conduire à l'appartement de feu M. Lepère. Cet homme portait sur la bouche un masque brodé du monogramme de l'établissement qui garantissait à la clientèle riche qu'elle ne serait pas contaminée par les miasmes d'un employé pauvre.

Ferdinand se dirigea vers un large escalier en marbre à la rampe ouvragée et lustrée, mais le valet d'hôtel obliqua vers l'ascenseur. Le petit habitacle qui sentait la cire d'abeille les déposa sur un palier d'où un épais tapis rouge conduisait vers les suites de luxe, de même que la route de briques jaunes menait à la cité d'Émeraude du *Magicien d'Oz*.

Une clé apparut dans les mains gantées du valet.

— Vous êtes le neveu ? demanda-t-il en s'effaçant pour laisser passer le visiteur.

Ferdinand commençait à croire que son identité se réduisait dorénavant à ce lien de parenté.

— M. Lepère parlait souvent de vous, ajouta le valet.

— De moi ?

Il apparut que « M. Lepère n'était pas fier en dépit de sa fortune ». Durant ses réclusions volontaires des deux premières vagues, il avait coutume de saisir toutes les occasions de discuter. Or, sa gouvernante et le médecin exceptés, seul le personnel du palace pénétrait ici.

— Nous regrettons bien ce bon M. Lepère, dit le valet. Son départ fut un événement tragique. Permettez-moi de vous présenter mes condoléances au nom de tous mes collègues.

Cela aurait plutôt été à Ferdinand de leur présenter les siennes : au moins avaient-ils connu son bienfaiteur qui, pour lui, restait un fantôme dans un drap d'or.

Un coup d'œil suffisait pour comprendre que la suite avait été décorée selon les désirs du locataire, dans le goût argentin. Les bergères Louis XV se mêlaient aux perroquets empaillés et aux armes anciennes.

— C'est donc ici que mon oncle a vécu, dit l'héritier en embrassant du regard l'ensemble de la pièce.

— Et là aussi qu'il a rendu l'âme, précisa le valet. Nous avons remplacé la bergère, la tapisserie va être nettoyée en usine.

Ferdinand se fit montrer le coffre aux écrins qui aurait dû contenir les diamants. Une bouffée de rage le prit à la vue de ces boîtes vides. Comme il serrait les poings à la pensée du Lupin qui l'avait privé de son bien, le valet préféra se retirer.

— Je vous laisse vous recueillir en paix. Le cordon est près de la porte si vous avez besoin de quoi que ce soit. Le téléphone permet d'appeler la réception.

Une fois seul, Ferdinand passa dans la chambre à coucher contiguë. Outre le lit, elle était meublée d'un charmant petit secrétaire en bois de rose avec des bronzes dorés à la feuille. Dans le sous-main en cuir rouge, il trouva une lettre adressée à son oncle par un certain Joséphin Legendre, avocat. Me Legendre regrettait que son client ait jugé bon de se passer de ses services pour s'adresser à un notaire – Ferdinand supposa qu'il parlait d'Aumaric Filleul, le liquidateur de la succession. Me Legendre cachait mal sa déconvenue, il multipliait les offres de services avec une insistance assez pathétique.

Sur la table de nuit, une vieille photographie encadrée montrait deux hommes qui se tenaient par l'épaule dans un paysage d'herbes hautes et de montagnes lointaines, sans doute la pampa. Ferdinand supposa que le défunt était l'un d'eux et se demanda qui pouvait être l'autre. Le tiroir du même meuble contenait un vieux pistolet parfaitement huilé. Ferdinand se garda bien d'y toucher. Seuls les bandits et les propriétaires inquiets conservaient de telles armes chez eux. Il se demanda à laquelle des deux catégories appartenait vraiment Aristide Lepère.

Ferdinand songea qu'il n'aurait pas de sitôt l'occasion d'explorer à nouveau la suite, aussi prit-il quelques minutes pour vérifier le contenu des tiroirs et des placards. La salle de bains, quoique fort jolie avec son carrelage à décor floral et ses robinets en or, n'offrit rien de tangible à sa curiosité. En revanche, quand il ouvrit la penderie pour examiner les vêtements du disparu, il eut la surprise d'y découvrir un monsieur assis dos à la paroi. Il reconnut d'emblée le danseur mondain.

— Monsieur Cousin !

Comme l'autre ne réagissait pas, il le secoua pour le réveiller.

— Monsieur Cousin ?

Force lui fut de constater que son interlocuteur n'était pas en mesure de lui répondre.

— Monsieur Cousin..., répéta-t-il sur un ton funèbre.

Monsieur Cousin avait fini de zébuler. Il était livide. Exsangue. Pétrifié. Glacé. Ainsi Zébulon ne se vantait pas quand il prétendait avoir une idée de qui était l'assassin. On pouvait même dire qu'il avait mis sa théorie en pratique de façon à en fournir une preuve irréfutable : son propre cadavre.

Combien de femmes délaissées allaient porter le deuil au dancing ? Fini, les charlestons endiablés qui brûlaient le plancher, les valses langoureuses entre ses bras vigoureux ! Combien de soupirs de nostalgie pousseraient-elles avant de s'abandonner à d'autres petits crevards gominés ?

Ferdinand fut d'abord horrifié par cette découverte, puis par l'idée que l'assassin devait être la même personne qui lui avait tiré dessus, qui l'avait suivi en voiture et qui l'avait assailli à coups de parapluie. Ce qui l'horrifia enfin fut l'idée que cet individu était peut-être encore sur place, caché sous le lit ou dans un autre placard. Il avait sous les yeux la deuxième victime du tueur de la suite princière et risquait d'être la troisième. Cet appartement était un tombeau égyptien, on n'y entrait pas sans braver une malédiction. À croire qu'il était hanté par un spectre vengeur. Il décida de ne pas s'attarder. D'ailleurs, un autre démon de même nature risquait de se matérialiser sous la forme de l'inspecteur Béchoux.

Trouver les diamants maintenant aurait été une bonne nouvelle dans le cas où il aurait à fuir une accusation de meurtre. Il prit encore quelques instants pour palper les coussins et soulever le matelas, mais ce fut en vain.

Une idée lui vint. Était-on bien sûr que l'oncle Aristide était mort, en fin de compte ? Et si le vieil aventurier avait fait croire à son décès pour mieux semer ses ennemis ? Le cadavre trouvé dans la bergère aurait pu être celui d'un rat d'hôtel qu'il aurait pourfendu... Plutôt que d'assumer les conséquences de ce meurtre et de voir révélé son passé de forçat, tonton aurait pu préférer échanger leurs identités et disparaître avec ses diamants. Mais, dans ce cas, pourquoi s'en prendre à Zébulon, et pourquoi ici même? Une seule réponse s'imposait : parce qu'il n'avait jamais quitté l'hôtel! Tonton se cachait dans une autre chambre, louée sous un faux nom, par exemple celle de son voleur dont il avait usurpé l'identité depuis le meurtre!

Quand il eut fini de s'éblouir par sa puissance de raisonnement, Ferdinand se demanda ce qu'il avait pu manger dont la digestion lui provoquait un tel accès de délire affabulatoire.

Il descendit par l'escalier de marbre. Au moins, cette fois, personne n'avait crié au meurtre ou appelé la police.

La vision de Béchoux qui franchissait la porte vitrée à l'autre bout du hall doucha sa joie. L'inspecteur s'arrêta à la réception avec l'intention probable de se faire conduire à la suite de l'horreur. Ferdinand avait trop tardé, la silhouette inquiétante des forces de l'ordre se dressait entre lui et la sortie. Ce grand vestibule dépeuplé n'offrait aucune échappatoire. S'accroupir derrière un fauteuil le ferait remarquer plus sûrement que s'il se contentait de rester immobile sous le grand lustre de cristal en attendant l'inévitable.

Par une chance extraordinaire, alors que les yeux du policier étaient sur le point de se poser sur lui, un valet passa entre eux en tirant un chariot garni d'une pile de malles et de valises assez haute pour faire écran. Ferdinand saisit l'occasion de rallier la porte-tambour et de fuir ce piège doré dont les épais tapis dissimulaient plus de chausse-trappes et de fauves que la savane.

Le personnel n'allait pas manquer d'informer le policier que l'héritier de M. Lepère l'avait précédé dans la suite. S'il découvrait le cadavre dans la penderie, des explications allaient être exigées. Ferdinand pressa le pas tout en se demandant combien coûtait une cabine un peu confortable sur un paquebot en partance pour Buenos Aires.

15

Le comte est bon

Ferdinand regagna son domicile comme un automate qui avance sans savoir pourquoi. Monter l'escalier fut une épreuve : plus il touchait au but, plus ses jambes se changeaient en coton. Il éprouvait le contrecoup de sa macabre découverte à l'Élysée-Palace, aussi fut-il heureusement surpris de parvenir chez lui sans avoir essuyé de nouvel attentat.

Un petit carré de papier blanc l'attendait sur le parquet. Une enveloppe devait avoir été glissée sous la porte. Elle contenait un feuillet au nom, au chiffre et au blason du comte Ugolin de la Garçonnière, un patronyme qui avait certainement laissé une trace dans l'histoire de France depuis les croisades, mais qui était inconnu à Ferdinand. L'épistolier l'invitait à le rejoindre à 20 heures au deuxième étage de la tour Eiffel : c'était soir de nocturne.

« Vous porterez un masque blanc, j'en aurai un rouge assorti à l'aigrette de mon chapeau. »

Quand un petit verre de cognac l'eut revigoré, Ferdinand se rappela qu'Incarnacion lui avait parlé d'un « Ougoline dé la Garçonnière » qui avait fréquenté tonton Aristide en Argentine. Enfin un témoin sérieux des années d'errance de son oncle ! Avec un peu de chance, il allait découvrir la face cachée du vieux coquin, qui se révélait encore plus difficile à voir que celle de la Lune !

Le choix de la tour Eiffel était curieux pour une première rencontre, il évoquait plutôt un rendez-vous sentimental ou une réunion d'espions internationaux désireux d'échanger les plans d'un nouvel aéronef militaire contre un compte suisse à numéro. Cela dit, vu les événements récents, Ferdinand aimait mieux gravir une tour peuplée de quidams que s'enfoncer dans des catacombes désertes, bourrées d'ossements de défunts que l'on pourrait encore l'accuser d'avoir tués.

Après avoir pris un rapide repas d'œufs au plat agrémentés des restes de tortillas cuisinées par sœur Incarnacion, il fourra dans sa poche le masque blanc requis et rejoignit la rue, où il héla le premier taxi de passage.

La tour Eiffel, cet hymne au génie français et à la poutrelle de fer, se réduisait pour l'heure à une forme ténébreuse éclairée à son sommet par un fanal qui faisait d'elle la cousine poussée en graine de tous les phares bretons. On se serait cru à l'île de Sein, à condition de confondre l'odeur d'essence avec l'iode marin et les poires à klaxon avec le cri des mouettes.

Ferdinand fit l'acquisition d'un ticket et prit place dans l'ascenseur, cette deuxième plus grande merveille du monde après le moulin à purée. Parvenu à 115 mètres au-dessus du pavé parisien et toujours frais comme une rose, il entreprit l'exploration de la plateforme métallique. Elle était venteuse et les touristes rares. On croisait de loin en loin un gardien à veston et casquette bleus dont Ferdinand comprit bientôt que c'était le même qui faisait sa ronde autour du pilier central, aussi s'abstint-il de le saluer la troisième fois.

Au bout de dix minutes, un bonhomme au chapeau orné d'une aigrette rouge émergea à son tour de l'ascenseur. Il fit mine de s'accouder à la rambarde pour admirer le panorama. Quand Ferdinand l'eut rejoint, l'homme à l'aigrette décrocha son masque rouge de son oreille gauche pour dévoiler brièvement le bas de son visage.

— C'est vous ? C'est moi !

Si l'aigrette n'était pas choquante, en tout cas pas plus que le reste de sa tenue, c'était que M. le comte était entièrement habillé pour la chasse. Sa veste eût-elle été carmin, on aurait pu croire qu'il rentrait de courre le cerf à Balmoral avec George V et que son cheval l'attendait en bas, attaché par les rênes à un boulon. Une cravache était coincée sous son bras gauche.

— Monsieur le comte..., dit Ferdinand.

— Chut ! Pas de noms ! Respectez mon incognito, je respecterai votre anonymat !

Ferdinand voulait bien respecter tout ce qu'on voudrait pourvu qu'on lui tienne des propos sensés. Il eut l'impression que son interlocuteur n'avait pas seulement une aigrette au chapeau, mais aussi une araignée au plafond. Il s'écarta du parapet, on ne savait jamais de quoi les excités étaient capables.

Ugolin de la Garçonnière lui tendit une main gantée aussi agréable à serrer qu'une côtelette d'agneau emballée par le boucher. C'était un homme entre deux âges, doté d'une épaisse moustache poivre et sel digne des fox terriers en compagnie desquels il aimait consterner les renards de Sologne. Les coups d'œil qu'il jetait autour d'eux suggéraient que M. le comte, lui non plus, n'avait pas envie d'être vu en pareille compagnie. Ferdinand ne pouvait définir s'il devait se sentir humilié ou si le malheureux était atteint de ce que la Faculté de médecine nommait joliment « syndrome paranoïaque ».

— Vous craignez quelque chose? demanda-t-il à l'individu à aigrette qui scrutait la nuit.

— Oui, eux, répondit La Garçonnière, qui semblait s'attendre à un débarquement de parachutistes lâchés par un dirigeable allemand.

— Eux qui?

— Les Cortázar!

— Qui ça?

M. le comte le dévisagea comme s'il découvrait un attardé élevé dans une étable.

— Vous ne savez donc rien de rien?

Il prit l'innocent par le bras et l'entraîna d'un mouvement qui n'admettait pas de résistance. Les deux hommes entreprirent de faire les cent pas sur la plateforme circulaire. Les monuments de Paris plus ou moins visibles défilaient autour d'eux comme les planètes autour du soleil, si ce n'est que Notre-Dame et le Sacré-Cœur effectuaient des rotations de cinq minutes.

M. le comte avait rencontré Aristide Lepère du temps où ce dernier séjournait en Argentine sous le nom d'Ari Padrino. Ari fuyait ses erreurs passées et vivait chichement aux marges de la communauté française de Buenos Aires.

— Moi, ça m'était égal. Vous n'imaginez pas le mal qu'on a à trouver un partenaire de belotte dans l'hémisphère sud !

— Mais mon oncle était très riche, s'étonna Ferdinand.

Le comte lui fit signe de baisser la voix, les pigeons auraient pu les entendre.

— Oui ! Parce qu'il s'est enrichi en escroquant une famille très fortunée !

Il s'était attaqué à de redoutables trafiquants en quête d'investissements, les Cortázar. Il avait vendu au patriarche des terrains grands comme trois départements français dont les titres de propriété étaient faux. Les Argentins ne plaisantaient pas avec l'honneur, leur réputation leur était aussi précieuse que le tango et le guacamole. Cortázar père en avait fait une crise cardiaque et le reste du clan avait juré de le venger. Il y avait de quoi prendre le premier bateau pour une destination lointaine, lesté d'une fortune en diamants !

— Une fois à Paris, n'était-il pas hors de leur portée ?

— Rien n'est hors de leur portée ! Ils l'ont maudit ! s'écria La Garçonnière un peu trop fort.

Le gardien tourna la tête dans leur direction. M. le comte emmena son interlocuteur admirer le dôme des Invalides qui brillait sous la lune.

— Ils l'ont livré aux foudres d'une sorcière de chez eux. Et pour être sûrs de leur coup, ils ont chargé un tueur de finir le travail.

Ferdinand s'inquiéta fort.

— Vous le connaissez ? Qui est-ce ?

— Nul ne le sait ! Ceux qui l'ont rencontré ne sont plus là pour le décrire ! Cela peut être n'importe qui ! Vous n'imaginez pas de quoi ce monstre est capable !

— Si ! Il m'a raté plusieurs fois !

— Il n'a pas raté ce pauvre Aristide.

Cette sordide histoire expliquait à la fois l'enrichissement soudain de tonton et sa lamentable fin.

— Croyez-vous qu'ils ont engagé Arsène Lupin ?

M. de la Garçonnière se raidit.

— Non. Lupin ne tue pas, tout le monde sait ça. Il leur fallait un sanguinaire, une crapule prête à tout, le genre qui tuerait père et mère pour une poignée de billets.

Ferdinand frémit.

— Comment savez-vous tout cela ?

— C'est que je lui ai échappé de peu. Depuis lors, j'évite de me montrer à Paris. Je sors armé et j'ai modifié mon apparence.

Ferdinand s'expliquait mieux la tenue de chasse.

— Ah ! dit-il. D'où la culotte bouffante et les bottines !

— Non, je reviens de titiller le canard dans la baie de Somme. Mon déguisement, c'est ça.

Il décolla un coin de sa moustache, qui était trop belle pour être vraie.

— Oh, habile, dit Ferdinand.

Il se trouvait sur la tour Eiffel en compagnie d'un vrai comte à fausse moustache, tous deux pourchassés par un tueur à gages diligenté par une sorcière argentine. Sa vie venait de prendre un tour à la Buster Keaton.

— Je crois que les Cortázar ont fait enlever la gouvernante de mon oncle, chuchota-t-il à l'oreille du chasseur.

M. de la Garçonnière haussa le sourcil.

— Elle a hérité aussi ?

— Pas que je sache.

— Alors ils veulent simplement lui faire dire où vous vous cachez.

C'était aussi la pensée de Ferdinand. Que ne disposait-il d'une aiguille creuse où se terrer !

Le conseil de M. le comte était de se barder d'hommes de main fidèles, sûrs et bien armés qui lui feraient un rempart de leur corps.

— Mais qui accepterait de risquer sa vie pour moi ? dit l'héritier.

La Garçonnière eut un geste d'homme qui ne voit que vulgarité dans les contingences matérielles.

— Vous n'avez qu'à les payer très cher ! Vous avez les moyens, maintenant !

Ferdinand se dit qu'il aurait les moyens une fois en possession de ses diamants. En attendant, on avait tout loisir de lui tirer dessus pour pas cher.

— Et vous, que craignez-vous ? demanda-t-il à son informateur.

Le comte regarda de nouveau par-dessus son épaule.

— D'eux, rien. Tant qu'ils ne me voient pas en votre compagnie. Vous êtes un lépreux, mon brave. Il est plus dangereux de vous approcher que d'embrasser un grippé sur la bouche !

M. de la Garçonnière évoquait l'épidémie avec l'assurance d'un homme dont les galeries conservent maints souvenirs d'époques où les pestes avaient épargné ses ancêtres tandis que les gueux se tordaient de douleur. De son point de vue, les donjons d'aujourd'hui pouvaient bien être en métal, rien n'avait vraiment changé.

Ferdinand se remémora ce qu'il avait lu dans les articles de presse découpés par sœur Incarnacion.

— J'ai entendu parler d'un M. Albert Lenfant qui s'est lui aussi retrouvé au bagne ; un voleur qui aurait caché des millions avant d'être condamné. L'auriez-vous connu ?

M. de la Garçonnière se figea, visiblement surpris d'entendre évoquer cet individu.

— Albert Lenfant ? Voyons... Peut-être... Oui, vaguement. Un personnage falot. Sournois. De peu d'intérêt. Je lui préférais la compagnie de votre oncle Aristide. Ça, c'était un gai compagnon ! Pas prétentieux pour deux sous ! Excellent partenaire à la belotte bridgée !

« On le saura, qu'il jouait à la belotte ! », se dit le neveu. M. le comte lui semblait un peu court sur la description de son vieil ami et de leurs fréquentations communes. Plus Ferdinand cherchait à lui arracher des détails sur le caractère de son bienfaiteur trop tôt enlevé à son affection, plus La Garçonnière éludait.

— C'est du passé, tout ça, cher ami. Je souhaitais juste vous mettre en garde en souvenir de l'amitié qui nous liait, votre oncle et moi.

Apparemment, ce fameux « souvenir amical » était dépourvu de ces anecdotes dont se régalent toujours les anciens expatriés. Décidément, Ferdinand et lui n'étaient pas du même monde. Celui de M. le comte se révélait terne et superficiel. L'héritier espéra que le sien étincèlerait bientôt comme un diamant.

Les deux comploteurs reprirent l'ascenseur pour descendre de leur nid d'aigle. Une fois en bas, le comte offrit de nouveau au jeune homme sa main en peau de veau.

— Adieu, mon ami. Prenez soin de vous. Et rappelez-vous mon conseil : gardez-vous des Cortázar ! Protégez-vous ! Ne finissez pas comme ce pauvre Aristide ! Engagez des gardes du corps !

Il tourna ses talons bottés et s'éloigna d'un bon pas en direction de cet univers impitoyable qu'était le quartier de Grenelle, avec ses immeubles cossus, repaires de loups de la finance, de renards de l'industrie et de poules de luxe. Resté seul sous les poutrelles d'acier, Ferdinand eut l'impression d'avoir été congédié comme un rabatteur après l'hallali.

Une intuition le poussa à suivre discrètement cet étrange bonhomme pour voir où il allait. Il le vit bientôt entrer dans un café. Ferdinand se demanda si M. le comte était pris d'une soif irrésistible sur le coup de 21 heures ou s'il avait besoin de téléphoner. Au bout de dix minutes, n'ayant vu sortir de l'établissement qu'un prêtre en soutane et un livreur de charbon en sabots, il approcha prudemment de la façade vitrée et jeta un coup d'œil à l'intérieur. M. de la Garçonnière n'était nulle part. La curiosité l'emportant sur la prudence, le jeune homme poussa la porte du bistrot.

Un aimable cafetier parisien en manches de chemise et gilet noir trônait derrière son bar, un tablier blanc noué sur les reins, et frottait des verres pour les sécher. Ferdinand lui demanda si l'établissement disposait d'une sortie sur une autre rue.

— Pourquoi ? répondit l'allègre laveur de verres. Vous ne voulez pas régler ?

— Je n'ai rien consommé.

— Vous prenez quoi ? rétorqua du tac au tac le cafetier, satisfait d'en venir enfin au cœur de leur conversation.

Ferdinand commanda une tasse de chicorée qui ne risquait pas d'exciter ses nerfs déjà mis à rude épreuve. Aussi fut-il informé qu'il n'existait pas d'autre issue. La conversation prit à nouveau un tour peu séduisant pour le marchand : avait-il vu passer un chasseur à aigrette ? On ne s'en souvenait pas. Le prix d'une tasse de chicorée n'était pas de nature à réveiller des souvenirs, même récents, on n'avait de mémoire que pour les consommateurs fortunés, à aigrette ou non.

La chicorée bue et dûment réglée, Ferdinand quitta ce havre de paix et de désillusion. Dans quel trou de souris M. le comte avait-il pu tomber ? Il n'était tout de même pas descendu dans la cave ! Un homme qui donnait ses rendez-vous à 115 mètres du sol ne devait pas être amateur de lieux obscurs et salissants, on ne troquait pas le fusil à canards pour le bâton à assommer les rats.

Ferdinand s'en alla vers la Seine, la tête pleine de considérations sur les péripéties de la soirée et de spéculations sur les véritables buts poursuivis par La Garçonnière.

Lorsqu'il émergea de ses pensées, au détour d'une rue vidée par l'épidémie, il se sentit suivi. Bien qu'il préférât ne pas se retourner, le bruit de souliers derrière lui ne lui laissa aucun doute. Il pressa le pas et finit par s'enfuir aussi vite que possible. Qui pouvait avoir l'idée de lui courir après dans les belles artères désertes d'un arrondissement sinistré par la crainte de la contagion ? Il aurait été intéressant d'établir scientifiquement par quel principe, lorsqu'on est harcelé par un dangereux criminel, on se perd immanquablement dans un méandre de rues mal éclairées. Il se promit de publier une plaquette à ce sujet s'il avait la chance d'en réchapper, et même en latin s'il s'en tirait entier. À force d'entendre courir dans son sillage, il se sentit des dispositions pour remporter l'épreuve olympique du cent mètres plat remise au goût du jour par le baron de Coubertin.

Quand le souffle commença sérieusement à lui manquer, c'est-à-dire au bout d'une cinquantaine de pas précipités, il abandonna la stratégie de la gazelle pour adopter celle du lapin : il se rencogna sous un porche, se plaqua contre le bois verni avec autant de conviction que le passe-muraille, et s'efforça de ne plus haleter, ce qui l'étourdit un peu. La privation d'air ne l'empêcha pas de faire quelques observations lorsque son poursuivant le dépassa à vive allure sans s'arrêter. L'homme disparut aussi vite qu'il était apparu, mais, à son rythme et au bruit de ses souliers sur le pavé, l'embusqué devina qu'il était de grande taille. Le frappement de ses pieds sur le sol suggérait qu'il avait de longues jambes et qu'il était pesant. Vu sa vitesse et son endurance, les muscles l'emportaient sur le gras.

C'était un athlète de l'assassinat que Ferdinand avait à ses trousses.

Le tueur à gage des Cortázar ! Ferdinand fut navré de constater que Paris avait rejoint les mégapoles américaines telles que New York et Chicago dans la vogue des mitrailleurs professionnels. Qu'en était-il du bon temps où l'on se contentait de recruter à la sortie d'un bouge de Montmartre un voyou alcoolique qui assaillait sa victime à coups de trique, ratait sa cible et finissait au poste grâce à la célérité des agents îlotiers à vélo ? Voilà une coutume bien française qu'on avait eu tort d'abandonner au bénéfice d'une prétendue modernité d'outre-Atlantique ! Au lieu de se colleter avec un vagabond mal nourri, Ferdinand avait affaire à un géant surentraîné, rompu au maniement du couteau à cran d'arrêt et de la pétoire à pruneaux ! Le progrès n'était pas l'allié des honnêtes gens.

Le silence était retombé sur la belle rue bordée d'immeubles cossus. Ayant tout à fait recouvré sa respiration, Ferdinand tenta une échappée en sens contraire de celui emprunté par Goliath.

Hélas, le retour des bruits de pas lui indiqua combien ses espoirs étaient vains. Le supplice de l'éternel poursuivant reprit de plus belle. Il y avait Sisyphe, il y avait Tantale, et il y avait Ferdinand Lorphelin, l'héritier maudit, contraint de fuir toujours d'invisibles meurtriers qui lui gâtaient la vie.

Son poursuivant était sur le point de lui tomber dessus quand le camion d'un laitier fit une apparition providentielle et brinquebalante. Le véhicule eut le double mérite de ne pas s'arrêter, ce qui l'aurait rendu inutile, et de rouler assez lentement pour que Ferdinand parvienne à s'accrocher à l'arrière. Tandis que l'engin l'emmenait loin du danger, il loua sa présence d'esprit et les amateurs de lait de vache qui exigent d'être livrés à toute heure du jour et de la nuit.

16

Mélodie en sous-sol

Le lendemain, Ferdinand était à peu près remis de ses émotions, hors quelques courbatures dues à l'inconfort de son dernier moyen de locomotion. Il lui avait suffi de rêver à l'éclat carmin de ses futurs diamants pour atténuer le souvenir de ses déboires. Certes, jusqu'à présent, il avait entrevu plus de sang que de rubis, mais un indéfectible optimisme renforcé par deux tartines de pain beurré le portait à relativiser ses malheurs.

Le facteur était d'ailleurs d'accord avec lui. Il avait déposé dans la loge du rez-de-chaussée un monceau d'enveloppes que le concierge glissa sous sa porte. Peu habitué à pareil torrent de correspondance, Ferdinand attaqua cette invasion de missives aux formes variées à l'aide d'un coupe-papier.

Il s'agissait de sollicitations en tous genres. Les paroles changeaient de l'une à l'autre, mais la musique restait la même et le refrain était facile à retenir : « Des sous, des sous, des sous ! » Seul le percepteur ne s'était pas joint à la chorale, sans doute parce qu'il était assez bien informé pour savoir que le contribuable Lorphelin n'avait pas encore perçu les sommes faramineuses destinées à changer l'humble tâcheron mensualisé en magnat de la joaillerie aux ressources taxables et imposables.

Il y avait là plusieurs demandes de soutien à des œuvres de bienfaisance, dont une concernait une maison d'éducation pour les orphelins. L'administrateur de cet établissement s'était dit sans doute qu'un homme doté d'un tel patronyme se montrerait compatissant envers ses protégés. Une autre requête émanait des missions chrétiennes chargées de porter la bonne parole chez les peuplades d'Océanie encore réfractaires aux joies du péché, de la pénitence et de la damnation éternelle – Ferdinand se dit que ces religieux n'avaient pas besoin de son argent pour aller se faire manger par les Papous, des gens qui savaient tirer le meilleur parti du christianisme. La troisième émanait de la Société protectrice des moutons – Ferdinand subodora qu'on avait envie de le tondre.

Une lettre puissamment parfumée à la tubéreuse lui était adressée par une certaine Ursula, qui affichait vingt-deux printemps, une impressionnante masse de cheveux et un volume mammaire de nourrice impériale. Mlle Ursula avait pris la peine de noircir deux pages d'un papier mauve pour lui exprimer le sentiment qu'elle éprouvait à son égard depuis la lecture des articles de presse où était décrit avec quelle maestria il avait hérité d'un oncle millionnaire. Comme elle avait toujours admiré les hommes qui ont de la chance, elle avait trouvé le courage de surmonter sa pudeur de jeune fille pour lui offrir le mariage et plus si affinités. La photo colorisée jointe à la proposition laissait penser que les affinités ne manqueraient pas : la couleur la plus utilisée par l'artiste pour rehausser le cliché en noir et blanc était le rose chair. Certes, Ferdinand commençait à songer que sa fortune serait l'occasion de rompre avec une vie de célibat qui ne lui avait pas apporté que des satisfactions. Mais, désormais, le choix de la promise s'était beaucoup élargi, ainsi que le prouvait l'envoi de cette photo artistique de nature à valoir à son auteur une contravention pour atteinte à la pudeur.

Contre toute attente, Ferdinand se prit à songer à Adonie Bonnefille, cette intrigante qui s'était jetée dans ses bras pour reprendre leurs relations là où ils les avaient laissées cinq ans plus tôt sur les hauteurs de Meudon. Elle avait beau faire preuve de cynisme et de calcul, la petite coureuse avait de jolies jambes, un nez mutin, et, calcul pour calcul, il aurait pris plaisir à compter les taches de rousseurs de ses pommettes rebondies tandis qu'elle compterait ses diamants.

La dernière enveloppe contenait une publicité pour l'agence Pinkerton, célèbre institution spécialisée dans la récupération des biens perdus et dans la protection des personnes menacées. Cette entreprise-là semblait mieux renseignée que les autres – une différence probablement due à la nature des services qu'elle proposait. Ferdinand était d'accord sur le fait qu'il aurait eu besoin d'enrôler des gardes du corps, ainsi que le comte à évaporation furtive l'y avait incité la veille. Mais comment les rémunérer? L'idéal aurait été de les envoyer récupérer son trésor perdu et de leur confier ensuite sa sécurité. Mais quelle tête feraient-ils quand ils comprendraient que cela impliquait d'affronter Arsène Lupin ? Et puis, y aurait-il encore quelqu'un à protéger d'ici-là ? La société était mal faite : il fallait devenir riche pour profiter de l'aide dont vous aviez besoin pour vous enrichir. Il commençait à comprendre le sens des déclarations de M. Trotski et de ses camarades de ce sympathique mouvement bolchévique.

À défaut de s'offrir d'ores et déjà les services de l'agence Pinkerton, il pouvait au moins solliciter une entrevue avec l'avocat que son oncle avait cru bon de renvoyer avant de trépasser. Même sans rendez-vous, Ferdinand pouvait toujours surgir dans le cabinet Legendre pour tonitruer jusqu'à ce qu'on le renseigne – mais était-il certain de bien savoir tonitruer ? La politesse et la bonne éducation étaient un handicap pour les héritiers submergés par l'adversité.

Ferdinand quitta donc son domicile avec l'intention de rencontrer ce Joséphin Legendre dont il avait lu la correspondance dans la suite de l'Élysée-Palace. Avoir défendu les intérêts de l'oncle Aristide rendait cet homme fort intéressant ; et s'être fâché avec lui, plus encore.

Une fois dehors, il s'apprêtait à s'engager d'un bon pas sur le chemin de la fortune quand une main ferme et pesante s'abattit sur son épaule préférée pour ne plus la lâcher. Il fit un bond, convaincu d'être la proie de l'ignoble tueur des Cortázar, mais quand il parvint à se retourner il constata qu'il était tombé dans les serres de la police incarnée par Théodore Béchoux, le limier à moustaches.

— On croyait s'échapper ? demanda ce dernier sur un ton qui fleurait bon les lourds parfums tropicaux exhalés par la flore de Cayenne.

— Échapper à quoi ? répondit le petit mammifère pris dans la poigne de fer du rapace. À vous ?

— Au juste châtiment de vos crimes, déclara le justicier à chapeau melon. Devinez ce qu'on a trouvé hier dans la suite de votre oncle, à l'Élysée-Palace, juste après votre départ ?

— Mon mouchoir ? suggéra l'interpellé.

— Un cadavre dans un placard, dit Béchoux. Quelque chose à dire à ce propos ?

— Je ne suis pas spécialiste en placards, répondit Ferdinand d'une voix mal assurée.

En se refermant un peu plus, la pince qui lui serrait l'épaule lui arracha un gémissement.

— Nous serons mieux dans les locaux du Quai pour plaisanter, dit l'émissaire du monde ténébreux. Nous aurons tout le temps pour t'entendre expliquer pourquoi tu as décidé de remplir cet hôtel de cadavres, Lorphelin !

Ferdinand n'eut pas l'impression que son bourreau le tutoyait parce qu'ils étaient devenus bons amis. Cette idée se vérifia quand il se vit poussé dans un véhicule fatigué qui sentait la chaussette et la sueur rance. Le chauffeur descendit la rue en direction du fleuve pour une promenade qui ne s'annonçait pas comme un pique-nique au bord de l'eau. Quelques minutes plus tard, sur le pont au Change, ils arrivaient en vue de la noire bâtisse nommée Conciergerie, de sinistre mémoire depuis qu'une foule d'innocents en étaient sortis pour monter à l'échafaud pendant la

Révolution. Il se sentit comme un ci-devant qui aurait offensé quelque Fouquier-Tinville moustachu.

Une fois planté sur un tabouret, face aux visages sévères d'un trio d'inspecteurs parfumés au tabac brun, Ferdinand fut prié de faire gagner du temps à l'administration en avouant pour quel sordide motif il avait poignardé Zébulon Cousin à l'Élysée-Palace. Les enquêteurs avaient leur idée sur la question, ce qui laissait peu de marge au suspect. Selon la grande règle qui veut que la première idée est toujours la bonne, ils s'étaient convaincus que Ferdinand avait expédié dans l'autre monde un maître chanteur capable de le dénoncer. Comme l'assassin en puissance se permettait de rappeler qu'il possédait au moins un alibi irréfutable pour la nuit où son oncle avait été occis – il avait montré au commissaire Ganimard un billet de premier rang pour les *Folies de Patagonie* – on lui opposa que cet alibi était bon tant qu'il n'y avait qu'un seul cadavre, mais à présent qu'on lui en imputait deux on allait lui faire raconter le spectacle d'un bout à l'autre. Déçu de n'avoir pas pensé à aller assister à cette exposition de chairs sautillantes lorsqu'il en était temps, Ferdinand resta coi, ce que ses interlocuteurs interprétèrent comme le prélude à des aveux. De toute façon, de leur point de vue, si Ferdinand n'avait pas tué son oncle de ses mains, il avait pu engager Zébulon Cousin pour s'en charger. Ce dernier étant devenu encombrant, voire gourmand, l'héritier sanguinaire s'était résigné à le museler pour de bon.

— Pourquoi aurais-je commis la sottise de le tuer dans la chambre de mon oncle? objecta Ferdinand, qui pensait tenir un argument.

— Peut-être l'as-tu surpris à fouiller à la recherche de ces fameux diamants que nul n'a revus depuis le décès du vieux, lui lança Béchoux à la figure.

L'inspecteur se sentait porté par les ailes du génie de l'investigation policière, sa moustache en frémissait de satisfaction.

— Ou bien Cousin savait que ton alibi était faux, dit un autre fin limier. Il travaillait dans le spectacle, il a pu te fournir lui-même ce fameux billet des *Folies*. Tu n'aurais jamais fini de payer son silence, c'était ce genre d'individu qui vit de la naïveté des femmes. La brigade des mœurs l'avait à l'œil depuis longtemps, le Zébulon !

Ferdinand sentit qu'il valait mieux jouer cartes sur table. Résolus à lui mettre tous les meurtres de Paris sur le dos, ces bonshommes allaient non seulement l'empêcher d'identifier le vrai coupable mais, si on les laissait faire, ils le jetteraient dans un cul de basse-fosse dont on ne sortait que pour s'asseoir sur la sellette d'une cour d'assises. Il avait vu ce qui était arrivé à ce pauvre M. Landru, inculpé sans preuve ni cadavre – et son propre cas était encore plus mal engagé ! Il ne suffisait plus d'avoir une tête d'innocent pour la garder sur les épaules !

Il essaya d'expliquer à Béchoux qu'il y avait du louche ; il n'y avait même que ça. Pour exemple, il lui parla du Dr Gamin qui faisait croire à tonton qu'il était perdu alors que ses examens étaient satisfaisants.

Ces révélations n'eurent pas l'effet escompté.

— Tu es allé fouiller dans les dossiers confidentiels d'un médecin ? dit l'un de ses interlocuteurs.

— Intrusion, consultation de correspondance privée, rupture du secret médical…, dit un autre. Ton cas s'aggrave de minute en minute !

— C'est la spirale infernale ! conclut un troisième.

Le regard effaré de Ferdinand allait de l'un à l'autre tel celui de Macbeth à qui les trois sorcières annoncent qu'il a tué le roi Duncan pour rien, que la descendance de Banco cueillera les fruits de son forfait et que lui-même grillera en enfer. Il était pris au piège de la police et du code de procédure : tout ce qu'il disait venait conforter les arguments de ses accusateurs. Aussi se raccrocha-t-il à la planche de salut des désespérés : il réclama que l'on prévienne son avocat.

— Qui est-ce ? demanda Béchoux, qui entrevoyait soudain la possibilité d'un complice.

Ferdinand réfléchit un instant. Il n'en connaissait aucun. En revanche, il avait recopié l'adresse de celui de son oncle sur le carnet qui était dans la poche de sa veste. Il déclara qu'il serait défendu par Me Joséphin Legendre et les pria de prévenir tout de suite cet aigle du barreau. Après quoi il espéra que Me Legendre était un aigle du barreau. Il sentait qu'il allait avoir besoin d'un défenseur de la stature de Moro-Giafferri ou de Maurice Garçon.

En attendant de voir si les anges du Ciel voulaient bien s'entremettre pour sa sauvegarde, on le mit en cellule dans les sous-sols du Quai. C'était sombre, humide et froid ; pas du tout le genre de séjour auquel il s'était attendu depuis qu'on l'avait bombardé « riche héritier ». Il commençait à croire que cet héritage était diabolique.

Il tâchait de se faire des relations chez les araignées, les cafards et les souris quand on lui annonça une visite. Il se leva de son banc et rajusta sa tenue pour ne pas faire mauvaise impression sur le sauveur diplômé de la Sorbonne qui volait à son secours.

Adonie Bonnefille fit une apparition angélique dans ces bas-fonds obscurs. Elle portait une sublime robe rose pâle cintrée et évasée aux bons endroits, avec deux gros boutons plats en ivoire à hauteur des aréoles. Dès qu'il fut revenu de son ébahissement, Ferdinand demanda par quel miracle elle avait su qu'il était tombé en enfer. La réponse était très simple : les policiers avaient appelé chez lui et elle avait répondu.

— Que faisiez-vous chez moi ? Comment êtes-vous entrée ?

— Tu sais bien comment..., répondit Adonie en ôtant lentement ses gants de veau. Tu recommences à me vouvoyer ?

Il se souvint que cette sirène faisait ce qu'elle voulait du concierge, comme sans doute de tous les hommes qui croisaient son sillage. Les impotents devaient être les seuls qu'elle n'arrivait pas à faire courir, et encore, il n'en aurait pas mis sa main à couper.

— Mon pauvre chéri, comment vas-tu ? J'étais rongée d'angoisse !

La confidence aurait été touchante si elle n'avait demandé ensuite où en était la chasse aux diamants : elle ne pouvait commander sa robe de mariage sans savoir avec quelle parure elle la porterait.

— On vous a laissée entrer ici ?

— J'ai dit que j'étais ta femme, mon pauvre amour. C'est un demi-mensonge, n'est-ce pas ? Et puis, quand je mets ma robe de chez Marylou, les messieurs se montrent très compréhensifs.

Elle était désarmante. Il n'y avait peut-être pas que les diamants qui l'intéressaient, après tout. Il l'avait jugée trop vite, il avait tendance à se montrer injuste.

— Je t'ai apporté un en-cas, annonça-t-elle en désignant un panier en osier couvert d'un tissu à carreaux rouges.

— Comme c'est gentil !

Elle baissa la voix.

— Il y a un passe-partout dans la miche de pain.

— On ne vous a pas fouillée ?

— Si. Mais ma miche de pain intéressait beaucoup moins le gardien que les miennes.

Elle était aussi jolie et vénéneuse que la belladone ou le muguet. Si l'on découvrait l'instrument interdit, il pourrait toujours marcher à l'échafaud avec la consolation d'avoir reçu de l'aide dans son malheur. Il en avait les larmes aux yeux.

— Quel bonheur de savoir qu'une personne au moins ne me croit pas coupable !

— Je suis sûre que tu avais tes raisons, mon chéri. Une fortune pareille ferait tourner la tête à n'importe qui.

Il eut l'impression qu'elle parlait d'expérience, surtout quand elle ajouta qu'il allait avoir besoin de quelqu'un au-dehors pour gérer ses intérêts et recueillir l'héritage en son nom. À ce propos, une précision juridique s'imposait.

— Vous savez sans doute que les gens convaincus d'avoir tué leur oncle sont écartés de la succession? demanda-t-il à travers les barreaux.

— Mais nous savons tous deux que tu en détiens déjà la meilleure part, dit-elle avec un clin d'œil. Allez, dis-moi où sont les diamants, que je puisse aller t'acheter le meilleur avocat de Paris.

Ces explications se révélaient plus épuisantes que l'interrogatoire de police. Par bonheur, le gardien revint annoncer qu'un autre visiteur le réclamait. Ferdinand jugea que sa vie sociale s'était beaucoup améliorée depuis son incarcération, il recevait moins de visites du temps où on ne le considérait pas comme un criminel.

Adonie Bonnefille s'éclipsa et le gardien emmena le suspect vers la salle réservée aux entretiens avec les défenseurs. Ferdinand s'apprêtait à monter l'escalier quand il se rappela le panier apporté par sa chère fiancée. Il fit aussitôt demi-tour.

— J'ai un petit creux! expliqua-t-il en saisissant l'anse en osier.

Il n'aurait pas fallu que quelqu'un s'avise de croquer dans la miche de pain, le métal dont elle était fourrée aurait fourni des arguments contre lui.

On l'introduisit dans une petite pièce aux peintures fatiguées où il fut accueilli par un inconnu en robe noire

— Je suis Joséphin Legendre, votre avocat. Vous avez bien fait de m'appeler tout de suite. Il faut contester les charges dès le début, avant qu'elles ne prennent racine.

Ferdinand avait été vu dans la suite de son oncle ? La belle affaire ! Le loyer de cette suite n'appartenait-il pas à la succession ? N'avait-il pas le droit, et même le devoir, d'aller se recueillir sur les lieux où son cher parent avait connu un sort tragique ? Si l'on arrêtait tous les neveux dévoués que le respect filial poussait à visiter les cimetières, le bagne ne serait pas assez grand !

Me Legendre multipliait les effets de manches comme s'il était déjà dans le prétoire, Ferdinand supposa qu'il s'entraînait.

L'avocat avait d'ores et déjà alerté le bâtonnier de Paris sur ce cas d'école : un innocent était injustement détenu sans le début d'une preuve. Le procureur de la République n'avait pu qu'abonder dans le sens de l'équité. Bref, comme l'attestait une lettre transmise au directeur de la Sûreté, Me Legendre avait obtenu la libération de son client en attendant que ces messieurs réunissent des éléments plus concrets.

Son panier sur les genoux, Ferdinand ne trouvait pas les mots pour exprimer sa gratitude.

— Voulez-vous ces friandises ? Il y a là une miche de pain qui pourrait être utile à un autre de vos clients.

Me Legendre s'approcha et dit tout bas :

— Un conseil, cher ami : ne vous attardez pas.

— Ici ou à Paris ? demanda cher ami.

— Les deux. Quand ils ont mordu, ils ne lâchent plus. J'ai réussi à les assommer à coups de bâtonnier, mais la prochaine attaque sera plus difficile à parer, surtout si la presse se met à titrer contre vous. Je vois déjà la formule : « Lorphelin assassin ! » Arsène

Lupin en a souffert en son temps, on a bien du mal à s'en remettre. Regardez ce pauvre Landru !

Certes, Ferdinand ne tenait pas à donner au bourreau une occasion d'huiler le mécanisme de sa guillotine. L'avocat le prit par le bras pour l'entraîner dehors et les deux hommes se dirigèrent vers la sortie. L'ancien détenu en profita pour poser la question qui le tarabustait depuis la veille.

— Quelle tâche mon oncle Aristide vous avait-il assignée, exactement ?

Me Legendre expliqua que M. Lepère l'avait engagé pour l'aider à assainir sa situation juridique. Il avait purgé une peine au bagne de Cayenne, il voulait s'assurer que cette histoire ne ressortirait plus. En un mot, il voulait changer de nom.

— Pourquoi a-t-il finalement renoncé à vos services ? demanda l'héritier. Il a eu tort, vous êtes très efficace !

— J'aimerais bien le savoir moi-même, répondit son défenseur. Peut-être s'est-il dit que l'épidémie aurait sa peau avant. À moins qu'un confrère aigri ne m'ait diffamé.

Ferdinand se demanda si le notaire Filleul pouvait être considéré comme un confrère aigri.

— Quant à vous, reprit Joséphin Legendre, allez donc vous mettre au vert. Au vert tropical, si vous pouvez. Ces messieurs vous agraferont derechef dès qu'ils seront revenus de leur étourdissement. Ils chercheront de quoi vous nuire, et dès qu'ils auront trouvé ils fonceront chez vous. Si vous aviez des projets de voyages dans des pays exotiques, c'est le moment.

Ferdinand se félicita d'avoir enfin rencontré une personne qui n'avait que sa sauvegarde en tête. Il remercia son ange gardien de l'avoir tiré d'un si mauvais pas et lui promit de ne pas quitter la France avant d'avoir payé ses honoraires.

— Vous réglerez ma petite note quand vous aurez touché vos diamants, répondit l'avocat. On fait très facilement des transferts de fonds depuis Buenos Aires.

À l'éclat de convoitise qui brillait dans l'œil de l'avocat, son client comprit que la note n'allait pas être si petite.

Ferdinand réfléchit dans le taxi qui le ramenait chez lui. Vivre sous l'œil de la police n'allait pas faciliter sa quête des diamants, sa recherche de vérité, voire sa survie. Peut-être Me Legendre avait-il raison. S'il était promis au même destin que son oncle Aristide, mieux valait sauter la case « bagne » et passer tout de suite à la case « exil », qui lui garantirait au moins de conserver sa tête sur ses épaules. S'il avait pu se douter de tout cela lorsque le notaire lui avait annoncé qu'il était millionnaire, il aurait poussé un grand cri et aurait sauté dans le premier train pour Le Havre.

17

Petits canards et talons rouges

À mi-chemin de chez lui, Ferdinand fit faire demi-tour à son taxi. Son domicile serait le premier endroit où viendrait le chercher la police dès que la protection de son avocat faiblirait. Puisqu'on le prenait pour le diable, pourquoi ne pas plutôt se réfugier chez le Bon Dieu ?

Une demi-heure après avoir quitté l'île de la Cité, il frappait à l'hostellerie du couvent. Il déclara sans honte à la sœur tourière qu'il venait rendre visite à sœur Incarnacion, bien qu'il sût pertinemment qu'elle avait été enlevée par des voyous sans respect pour la religion. Il montra son panier, garni de nourritures maigres pour la sainte femme en prévision du prochain carême.

— Le carême est dans neuf mois, déclara la tourière.

Le visiteur s'attendait à moitié à ce qu'elle lui objecte aussi qu'Incarnacion était absente depuis deux jours, mais elle le laissa filer dans le corridor après s'être assurée qu'il se rappelait le chemin.

Une fois devant la chambre de l'infirmière-danseuse de tango-épouse de Jésus-Christ, il sortit du panier la miche de pain et la rompit en deux pour en retirer le passe-partout qu'Adonie y avait glissé avec une rouerie digne de Latude[1]. Il était sur le point de convaincre la serrure de lui céder quand la porte s'ouvrit toute seule. Sa surprise de voir Incarnacion devant lui en chair et en coiffe empesée n'eut d'égal que celle de la nonne à le trouver accroupi sur le seuil de sa loge.

— Vous ici ? dit-il.

— Yé pourrais vous rétourner la question, répondit la nonne en lui faisant signe d'entrer.

Il se laissa tomber sur un tabouret, ces émotions l'avaient brisé.

— Je boirais bien quelque chose d'un peu corsé, dit-il sous le regard réprobateur du Christ en croix accroché entre deux photos de tango.

— Y'ai dou Fernet-Branca, c'est très en vogue à Buenos Aires, dit-elle en faisant apparaître une bouteille sur laquelle il était écrit « Tilleul-menthe ». Yé mé lé souis prescrit pour loutter contre l'épidémie, c'est bonne pour tout.

Elle s'apprêtait à lui remplir un verre mais il l'arrêta à mi-chemin.

— C'est fort, non ?

— Pas tellement. Céloui-ci né titre qu'à 40 degrés. Dans mon pays, on lé donne aux yeunes qui n'ont pas encore fait leur service militaire.

1. Célèbre pour s'être évadé de la Bastille sous le règne de Louis XV.

En tant qu'exempté, Ferdinand estima prudent de s'en tenir au demi-verre. Après qu'une simple lampée lui eut enflammé le palais, la glotte et la trachée, il posa la question qui lui brûlait les lèvres presque autant que le breuvage : que faisait-elle ici quand il la croyait aux mains de la pègre internationale?

Sœur Incarnacion raconta comment ses ravisseurs l'avaient conduite dans une maison isolée où ils l'avaient torturée en lui lisant les œuvres d'Octave Mirbeau pour lui faire avouer où étaient les diamants. Après avoir enduré deux chapitres du *Jardin des supplices*, elle était parvenue à les convaincre qu'elle ignorait tout de cette histoire et qu'ils finiraient en enfer s'ils continuaient ainsi. L'un d'eux avait menacé de lui infliger in extenso le *Journal d'une femme de chambre*, mais un fond de piété, dont elle aurait aimé que le reste de la population fît preuve plus souvent, lui avait finalement épargné cette épreuve. Ils l'avaient déposée au bout de la rue un peu plus tôt dans la journée, elle avait juste eu le temps de se nettoyer, de se restaurer et de se reposer un peu.

Ferdinand jugea l'aventure plutôt rocambolesque, mais, à vrai dire, l'ancienne danseuse aurait pu lui raconter qu'elle avait assommé les bandits à mains nues, il l'aurait crue aussi. Ces crapules étaient certainement à la solde des Cortázar.

— Y avait-il un grand bonhomme à la stature athlétique? demanda Ferdinand, qui gardait un souvenir précis de la course-poursuite au pied de la tour Eiffel.

— Y'avais oune bandeau sour les yeux, mais ça né m'étonnerait pas, répondit la nonne.

À son tour, Ferdinand lui narra les périls auxquels il avait été exposé ces dernières vingt-quatre heures. Quand il évoqua le triste sort du danseur mondain, sœur Incarnacion s'exclama.

— Il est arrivé malheur à Zébulone ?

L'héritier dut lui apprendre qu'il avait découvert son partenaire de tango dans un placard de l'Élysée-Palace.

La religieuse qui avait subi l'enlèvement avec un courage digne de Jeanne d'Arc sembla subitement catastrophée.

— Youstes cieux ! Qui a pu commettre oune telle horreur ?

— Eh bien, la police pense que c'est moi, c'est pourquoi ils m'ont fourré au trou ce matin.

— Comment êtes-vous sorti dou trou ?

Le relaxé lui conta comment il avait été sauvé par l'intervention providentielle de Me Legendre, l'ancien avocat de l'oncle Aristide.

— Yé lé connais, dit Incarnacion, il est très bienne. Vous avez ou dé la chance !

Il avait pu compter aussi sur le soutien d'une jeune personne qui n'avait pas hésité à endurer une palpation au corps pour lui fournir à manger et des outils. Il jugeait d'ailleurs poli de rassurer Adonie sur sa situation, la pauvre petite devait se morfondre. Il n'avait pas son numéro personnel mais il avait une idée de l'endroit où elle s'était installée pour attendre de ses nouvelles.

L'hostellerie disposait, du côté de l'entrée, d'un téléphone à pièces qui lui permit d'appeler chez lui. Comme il l'avait prévu, Adonie décrocha le combiné, ce qui permit au jeune homme de lui donner rendez-vous au jardin du Luxembourg, tout proche, entre les massifs de tulipes et le bassin aux canards.

— Yé vous accompagne, dit la nonne.

— Je comprends. Vous avez peur que vos ravisseurs ne reviennent.

— Non, yé tiens à vous aider quand ils s'en prendront à vous.

Sur le boulevard, les médecins avaient affiché des panneaux en bas de leurs immeubles pour annoncer qu'ils n'auraient pas le temps de visiter de nouveaux patients. Pourtant, sur le portail de l'hôpital Cochin, un avertissement de l'Assistance publique rappelait à la population qu'« un grippé est souvent mieux soigné chez lui ».

Comme ils atteignaient la grille du jardin, Ferdinand remarqua qu'il n'avait jamais vu la nonne se masquer.

— Vous pensez que Dieu vous protège de l'épidémie, ma sœur ?

— Loin de moi cette prétention, mon fils. Mais y'ai lou les statistiques. Cette maladie toue surtout les hommes entre vingt et quarante ans, c'est pourquoi on en parle tellement. Si c'était oune maladie dé femmes, ces messieurs ne se yetteraient pas à corps perdou dans la recherche de n'importe quel remède, voilà des millénaires qu'ils nous laissent mourir en couches en disant « on n'y peut rien, c'est la natoure » !

La façade du palais du Luxembourg était un pastiche des palais florentins du XVIe siècle. Ferdinand n'aimait pas beaucoup les pastiches, il y avait toujours à leur base une petite tricherie de la part de l'auteur, rien ne valait l'œuvre originale. Enfin, la promenade était tout de même agréable quand on avait une heure à perdre, entre des statues pseudo-grecques et des buis taillés à l'italienne qui vous rappelaient d'autres temps et d'autres lieux.

Ils s'assirent devant le bassin, et Adonie Bonnefille les rejoignit bientôt, le visage dissimulé sous une voilette qui protégeait à la fois des miasmes et de la surveillance policière. Elle prit place au bout du banc sans leur adresser la parole et sortit de son sac à main un exemplaire du *Satyricon* tout droit issu de la bibliothèque de Ferdinand.

— Je ne crois pas que nous soyons surveillés, l'informa ce dernier.

— Ah, tant mieux ! Je déteste ce bouquin !

Elle lui sauta au cou et l'embrassa sous les regards horrifiés des promeneurs.

— Mon chéri ! J'ai eu si peur ! Dans quel endroit affreux t'avait-on mis !

Elle n'en aurait pas fait davantage si on l'avait repêché dans un lagon grouillant de requins.

— Sœur Incarnacion, dit le jeune homme, Mlle Bonnefille.

— Yé n'en doute pas, dit la nonne, elle en a tout à fait l'air.

— Adonie est une amie de longue date. Mes difficultés sont à l'origine de nos retrouvailles.

— Quelles difficoultés ? Lé legs des diamants rouches ?

La religieuse ne semblait guère ravie de voir une jeune personne fort blonde et fort serrée dans sa robe s'inviter dans leurs recherches gemmologiques. Ses insinuations vexèrent d'autant plus l'héritier qu'Adonie le regardait avec des yeux pleins d'innocence. Elle, au moins, ne cachait pas des escarpins rouges sous sa tunique !

— Dites-moi, ma sœur, dit le jeune homme. Pendant que vous étiez retenue on ne sait où, j'ai rendu visite au Dr Gamin. Saviez-vous qu'il faisait croire à mon oncle qu'il était mourant alors que tonton se portait comme le pont de...

Il fit une pause dans sa diatribe.

— Comment se nomme le pont le plus célèbre de Buenos Aires ?

— *El puente* Alsina, répondit Incarnacion.

— Alors que mon oncle se portait comme le *puente* Alsina !

— Lé pont s'est effondré l'an dernier, dit la nonne.

Ferdinand était convaincu que ces manœuvres de charlatan visaient à convaincre tonton Aristide de rédiger un testament. Il était prêt à parier que la religieuse lui avait conseillé de disposer de ses biens de façon à se concilier la faveur du Ciel.

— Je loui ai conseillé dé les léguer à des institutions de piété, admit la nonne, mais je né vois pas en quoi cela me rend complice d'oune doctor incompétente.

Ferdinand était trop agacé pour se rendre compte que le parler sifflant de son interlocutrice avait fait place à une élocution beaucoup plus hexagonale, voire faubourienne.

— N'avez-vous pas tenté d'obtenir à cette occasion un don substantiel envers une certaine gouvernante qui se serait engagée à prier pour le salut de son âme ?

Incarnacion s'offusqua.

— Comment osez-vous ? Moi, oune religieuse qui vit pour l'adoration dé Notre Seigneur !

— Une religieuse qui danse le tango avec un gigolo pendant qu'on assassine le malheureux qu'elle fait semblant de soigner !

Adonie Bonnefille s'attendit à voir la nonne exploser de colère. Ce ne fut pas du tout le cas.

— Bon. Il est temps de dire la vérité. Je suis enquêtrice.

— Pour le Vatican ? demanda Adonie.

— Non, pour l'agence Pinkerton.

— Enquêtrice comme dans « détective privé » ? dit Ferdinand. Il y a des femmes dans ce métier ?

— On est en 1919, coco ! dit Incarnacion. Les femmes n'ont plus l'intention de laisser les hommes les étouffer ! N'est-ce pas, ma petite ? ajouta-t-elle à l'intention d'Adonie.

La moue que fit celle-ci laissa penser que certaines femmes étaient toujours d'accord pour autoriser les hommes à les étouffer de diamants rouges.

— Puis-je savoir ce que faisait une nonne-danseuse-de-tango-enquêtrice-privée auprès de mon oncle Aristide ? demanda le neveu.

À en croire l'enquêtrice, M. Lepère, se sachant menacé, lui avait confié sa protection rapprochée.

— Rapprochée à quel point ? Les bonnes sœurs qui vous logent sont au courant ?

L'hostellerie du couvent faisait partie de sa couverture. Aristide était hanté par sa crainte de voir surgir les Cortázar. Il avait remarqué qu'un homme le suivait dans la rue chaque fois qu'il s'aventurait hors de l'Élysée-Palace. Un grand avec de longues jambes.

— Ah ! dit Ferdinand. Je vois très bien !

— Vous avez une carte professionnelle ou quelque chose comme ça ? s'informa Adonie, qui avait du mal à croire à l'agent secret déguisé en bonne sœur.

— Quelque chose comme ça, répondit sœur Incarnacion.

Elle se leva, posa un pied sur le banc et dénuda une cuisse à laquelle était accroché un pistolet. Ferdinand ne vit pas bien l'arme émerger du jupon : la découverte de la nonne en jarretières et la vision de la jambe brouillèrent sa vue quelques instants. Il s'agissait d'un calibre 45 de chez Smith & Wesson, une arme fiable et commode avec laquelle on pouvait aussi bien s'agenouiller sur un prie-Dieu qu'envoyer un malfrat *ad patres*.

À présent que l'identité de chacun était établie, ils firent le point sur l'état de leurs recherches. Qui avait tué tonton ? Que savait Zébulon ? Où étaient les diamants ? Devait-on se méfier d'Arsène Lupin ?

— Arsène Lupin ! répéta Adonie avec des étoiles dans les yeux. On le dit bel homme !

Ferdinand sentit qu'un cambrioleur s'était introduit par effraction dans la conversation pour lui voler le cœur de sa pseudo-fiancée. Pour une raison inconnue, cela le contraria.

— Oui, bon, Lupin est soupçonné d'avoir étripé mon oncle, résuma-t-il pour remettre le gentleman poignardeur à sa juste place. C'est un homme de mauvaises mœurs.

— Oh, je sais, il a une réputation de séducteur, de coureur de jupons, de Dom Juan masqué…, renchérit Adonie, dont le regard se perdait dans le paysage.

— Oui, voilà, laissons-le là où il est, tu ne voudrais pas risquer de rencontrer un homme doté d'une si triste réputation ?

— Pourquoi pas ? dit Adonie. Je suis bien fiancée à un suspect en cavale !

De l'avis d'Incarnacion, Ferdinand devait à son tour faire appel au plus vite à l'agence Pinkerton. Seule cette institution reconnue saurait assurer sa protection.

— Comme elle l'a si bien fait pour mon oncle ? rétorqua l'héritier.

La presque nonne jura que les Pinkerton ne commettraient pas deux fois la même erreur. Si l'agence échouait à le protéger, personne n'y arriverait. Les Pinkerton l'aideraient à récupérer les diamants, après quoi il pourrait s'installer au bout du monde, par exemple dans un ranch texan où aucun Lupin n'irait le chercher.

À son tour, Adonie le conjura de prendre soin de lui. Comment pourraient-ils se marier s'il était assassiné ? Il fallait compter deux semaines pour la publication des bans ! Elle voulait marcher à l'autel avec un bouquet de fleurs d'oranger, non agiter l'encensoir sur un cercueil. Le noir ne lui allait pas, ça lui donnait l'allure d'une religieuse sur le retour.

Celle assise à côté d'elle poussa un grognement sourd.

Ferdinand dut admettre qu'il n'arrivait à rien tout seul. Après tout, les détectives de cette agence internationale parviendraient peut-être à situer les pierres et à contrarier les sinistres desseins d'Arsène Lupin.

— C'est notre spécialité, lui confirma Incarnacion. Lupin ferait deux fois plus de ravages si nous n'étions pas là pour le contenir.

— Engage-les, je me sentirai mieux, plaida Adonie. Et toi tu te sentiras mieux quand nous serons passés devant M. le maire.

Ces deux femmes l'entraînaient sur les pentes glissantes de la sécurité privée et du mariage. Mais n'était-ce pas mieux que de continuer à servir de cible aux Cortázar ? Ils tombèrent d'accord sur l'idée qu'il fallait faire appel aux Pinkerton de toute urgence. Incarnacion lui remit une carte de visite avec l'adresse des bureaux. Elle était au nom du directeur, André Papadopoulos.

— Tu verras, il est redoutable. Il appartient à la grande lignée des détectives formés par les Pinkerton depuis les années 1850.

Ferdinand se souvint d'avoir lu quelque chose à ce sujet.

— N'étaient-ils pas chargés de la protection d'Abraham Lincoln le jour de son assassinat ?

— Oui, mais ils ont fait en sorte que l'assassin ne profite pas de son crime, dit Incarnacion.

C'était une toute petite consolation. Ferdinand espéra que leurs méthodes leur permettaient dorénavant d'arrêter les tueurs avant qu'ils ne frappent et non après. Il ne tenait pas à ce qu'on arrête ses assassins à ses frais une fois qu'il serait mort, la police nationale serait bien assez bonne pour ça.

Dès la sortie du jardin du Luxembourg, sœur Incarnacion remarqua qu'on les suivait. Adonie aperçut en effet au loin un grand bonhomme aux épaules carrées qui avançait dans leur direction.

— Je le vois ! Il est là-bas ! Il a l'air méchant !

Ferdinand voulut regarder lui aussi.

— Ne vous retournez pas ! dit Incarnacion. C'est la règle numéro un en cas de filature !

Ils se lancèrent dans une marche forcée et angoissante qui devait représenter la règle numéro deux.

— À trois, nous formons une cible trop facile ! pesta la détective.

Adonie se plaignit qu'on la faisait aller trop vite, elle avait mis ses souliers neufs et n'était pas habituée à courir sur talons hauts comme la nonne.

— Au prochain carrefour, nous nous séparons ! déclara celle-ci. Retrouvons-nous à l'agence !

Adonie prit à droite, la religieuse à gauche, et Ferdinand continua tout droit. Sans pouvoir se retourner, il lui était difficile de vérifier si l'assassin était à ses trousses. Il en eut cependant la certitude quand un bruit de pas précipités retentit à une trentaine de mètres, comme la fois précédente.

Un groupe d'anciens combattants mutilés de guerre déambulait sur le boulevard, clopin-clopant. Il se fondit dans cet essaim d'aveugles, de manchots, de gueules cassées et d'éclopés à jambe de bois avec l'espoir de semer son poursuivant.

18

Attentat rue de Sarajevo

Ferdinand atteignit la rue de Sarajevo, où était l'agence Pinkerton, sans faire de pire rencontre que celle des vétérans déglingués qui l'avaient placé sous la protection de leurs cannes et de leurs prothèses. L'enseigne accrochée sur la façade de l'agence était inratable. L'œil qui lui servait d'emblème vous suivait du regard au-dessus d'une maxime qui proclamait : « *We never sleep !* » Il traversa la rue en prenant soin d'éviter tout automobiliste, vélocipédiste ou tueur à gage qui aurait voulu l'écharper.

À travers la vitrine, il vit que ses deux comparses l'attendaient dans le vestibule, Incarnacion sagement assise et Adonie faisant les cent pas d'un mur à l'autre. Dès qu'il fut entré dans ce havre de sécurité tarifée, la jeune femme se jeta dans ses bras tandis que la moins jeune le félicitait d'avoir survécu à l'envoyé des Cortázar.

— Tu fais des progrès, bravo, on arrivera peut-être à sauver ta peau, en fin de compte.

Dans une affaire où tant de gens lui avaient menti, deux alliées parurent beaucoup au rescapé. Il n'aurait pas été étonné d'apprendre que l'une des deux lui mentait et il aurait volontiers donné un diamant rouge pour savoir laquelle.

On entendait dans le lointain le cliquetis de nombreuses machines à écrire sur lesquelles les secrétaires tapaient les rapports destinés aux clients. Une employée les introduisit dans le bureau depuis lequel André Papadopoulos dirigeait sa belle agence qui sentait la peinture fraîche. Quand le directeur se leva pour serrer la main du nouveau client et de sa fiancée, Ferdinand vit qu'il n'avait pas du tout le format « petit gros fumeur de pipe » que la littérature populaire attribuait en général aux détectives et aux commissaires. Il était grand et doté d'une belle stature. Bien qu'âgé d'une cinquantaine d'années, il ne semblait pas avoir perdu l'énergie d'une jeunesse où les sports comme le tennis ou la natation avaient dû compter beaucoup.

Incarnacion déclara à son patron que l'héritier était à son tour poursuivi par le tueur des Cortázar. De toute évidence, ces mafieux argentins étaient toujours décidés à tirer vengeance de la famille Lepère.

— Vous avez frappé à la bonne porte, dit Papadopoulos. En 1861, notre agence a fait échouer le complot de Baltimore qui avait pour but d'assassiner le président Lincoln.

— Quel dommage que Lincoln ne soit pas resté à Baltimore[1] ! répondit Ferdinand.

1. Abraham Lincoln fut assassiné en 1865 à Washington.

Incarnacion se hâta d'intervenir.

— Allons, mon petit chou, pas de mauvais esprit, nous sommes là pour t'aider, tu sais.

— Notre action a été capitale pendant la Grande Guerre, reprit Papadopoulos. C'est un peu grâce à nous que le camp du bien a triomphé.

— Tu vois, renchérit Incarnacion : si l'agence a remporté la guerre mondiale, que ne pourra-t-elle faire pour toi? C'est du gâteau.

Du gâteau payable en diamants. Ferdinand admit qu'il aurait du mal à récupérer son héritage tout en fuyant la fureur des Cortázar ou celle d'Arsène Lupin, sans parler de son malentendu avec la police. André Papadopoulos lui assura que la protection de l'agence Pinkerton valait de l'or.

— Combien d'or, exactement?

Le directeur éclata du rire du commerçant sur le point de conclure une vente.

— Je voulais dire qu'il n'y a rien de plus précieux, M. Lorphelin.

— À part peut-être mes diamants rouges, dit Ferdinand.

— Nous discuterons de vos moyens de paiement quand nous les aurons retrouvés, dit le détective avec bonhomie. Notre entreprise met un point d'honneur à défendre de justes causes.

Il se tourna vers Incarnacion.

— Avons-nous avancé sur la question des diamants?

Hélas, elle avait été trop occupée à résister aux violences de ses ravisseurs pour réunir des éléments probants.

— Moi, j'en ai réuni, des éléments ! dit Ferdinand.

Il évoqua la bible enluminée et la boîte de haricots Picachu envoyés par l'oncle Aristide depuis l'au-delà. M. Papadopoulos n'avait pas l'air très convaincu par l'idée de rapprocher les textes sacrés de féculents en sauce.

— C'est intéressant, dit-il vaguement. Si cette bible avait été un livre de cuisine, nous aurions pu apprendre à préparer le chili con carne.

Quoi qu'il en soit, l'agence Pinkerton promettait à sa clientèle une sécurité absolue et une assistance de tout instant dans la recherche du trésor perdu.

On toqua à la porte et un employé d'une trentaine d'années les rejoignit. Le directeur leur présenta l'homme de loi chargé des questions juridiques, Me Joséphin Legendre.

— Voici M. Lorphelin, qui fait d'ores et déjà partie des clients les plus chers à notre cœur, dit Papadopoulos. Mon cher Legendre, vous commencerez par déposer au nom de M. Lorphelin une plainte contre les Cortázar de Buenos Aires. Nous ne devons pas laisser passer les attentats et le harcèlement que lui ont fait subir les malfrats à leur solde !

— Mais bien sûr, répondit Me Legendre. Ces Argentins vont faire connaissance avec la force de frappe américaine et avec le Code pénal français !

Personne ne s'aperçut que Ferdinand ne quittait pas Legendre des yeux. Il le regardait sans rien dire, comme absent de la conversation. Quand il ouvrit enfin la bouche, ce fut pour demander :

— Nous nous sommes déjà rencontrés, vous ne vous rappelez pas ?

L'allégation parut gêner tout le monde.

— Vraiment? répondit l'avocat. Vous devez confondre. Avec ces masques, on ne reconnaît pas sa propre mère!

— Vous n'êtes pas ma mère, dit Ferdinand.

Ce qui le stupéfiait, c'était l'absence de ressemblance entre le bonhomme qu'il avait devant lui et le Joséphin Legendre en robe d'avocat qui était venu le tirer des geôles de la Sûreté pas plus tard que la veille. Qui pouvait bien être ce type-là?

Les deux phrases par lesquelles le juriste termina son discours l'interloquèrent.

— C'est du passé, tout ça, cher ami! Vous avez les moyens, maintenant!

Où avait-il entendu ces mots? Il n'y avait pas longtemps... Des images de Paris vu du ciel émergèrent de sa mémoire. C'était deux phrases que le comte de la Garçonnière avait prononcées au deuxième étage de la tour Eiffel! La figure du vieux snob se superposa à celle du prétendu avocat. Ferdinand passa de la stupéfaction à la perplexité. Il restait immobile, les bras ballants, sans que quiconque comprenne pourquoi. Les personnes autour de lui poursuivirent la discussion comme si de rien n'était, tandis que le principal intéressé ne pouvait détacher ses yeux du fantôme de M. le comte.

Quand il ouvrit enfin la bouche, ce fut pour demander s'il pouvait utiliser les lavabos.

— Mais bien sûr! s'écria Papadopoulos. Les commodités sont au fond du couloir à gauche.

Après avoir refermé derrière lui la porte du bureau, Ferdinand entendit le directeur ajouter pour ceux qui restaient : « Que d'émotions, n'est-ce pas ? Il est troublé, c'est bien naturel. Quand j'ai gagné cinq cents francs à la belotte bridgée, j'ai eu des crampes d'estomac pendant trois jours. Alors, vous imaginez, des diamants ! »

Au lieu de se rendre au bout du couloir, Ferdinand vadrouilla dans l'agence, qui lui parut étrangement vide, non seulement de personnel mais aussi de tables, d'armoires et de dossiers. Il eut l'impression de se promener dans un décor dont seules les parties visibles par le public avaient été aménagées, c'est-à-dire le vestibule et le bureau du directeur. Derrière les portes closes, on trouvait du vide, du rien, de l'espace mort. Hormis dans une salle où l'énorme pavillon argenté d'un gramophone amplifiait des cliquetis de machines à écrire enregistrés sur un disque en gomme-laque propulsé à 90 tours minutes. Ce devait être la symphonie de Remington pour cylindre et chariot en alphabet majeur.

Cette agence n'avait entamé son existence qu'une heure plus tôt et l'achèverait dès le départ des visiteurs. Encore abasourdi par sa rencontre avec les secrétaires invisibles, Ferdinand regagna l'antre du directeur, la mine pâle et l'œil hagard. Nul ne lui prêta attention. Chacun semblait convaincu que rien n'empêchait plus l'agence Pinkerton et l'héritier endiamanté de conclure une alliance fructueuse, aussi vrai que rien ne s'oppose à la cuisson du civet une fois le lapin dans la marmite.

Plutôt que d'écouter le verbiage complaisant de son futur associé, Ferdinand se demanda si les femmes qui l'avaient rejoint ici avaient l'une et l'autre partie liée avec les comploteurs. Il se prit à espérer que l'innocence d'Adonie contrebalançait l'évidente culpabilité d'Incarnacion, sans quoi son univers aurait pris une teinte fort sombre.

— Mon chéri, dit la jeune femme, M. Papadopoulos dit que la mode féminine du Texas est bien plus décontractée que celle de Paris. Penses-tu que nous pourrions y aller en voyage de noces ?

— Rien ne vous interdira de faire le tour du monde dès que nous aurons retrouvé vos diamants, dit Me Legendre en étalant sur la table une panoplie de contrats qu'il engagea leur nouveau client à signer sur-le-champ.

Il s'agissait d'ordres de mission et de délégations de pouvoir qui autoriseraient l'agence à le représenter en toute occasion, notamment dans les démarches auprès des autorités. Ferdinand se demanda combien les petites lignes recelaient de pièges à son intention.

— J'en ai pour la journée à lire tout ça, répondit-il à la vue de ce mont Blanc de papier.

— Ne vous embêtez pas à tout lire, dit Papadopoulos. Me Legendre a tout résumé en dix lignes sur la première page. Nous sommes entre amis, la confiance règne, nous ne songeons qu'à la défense de vos intérêts.

Ferdinand se demanda si la clause par laquelle il cédait à ses associés la moitié des biens récupérés par eux figurait au milieu ou à la fin. Il saisit la main d'Adonie et entraîna la jeune femme vers la sortie.

— Merci bien ! Je vous téléphone très bientôt ! dit-il en s'élançant dans le couloir comme si un incendie s'était déclaré dans l'immeuble.

— Qu'est-ce qui te prend? protesta sa fiancée.

Dans sa hâte, il fut incapable de se rappeler par où l'on sortait et ouvrit n'importe quelle porte. Ils se trouvèrent face au gramophone d'où émanait le cliquetis.

— Qu'est-ce que c'est que ça? dit Adonie.

— Monsieur Lorphelin? dit une voix derrière eux.

La haute silhouette aux épaules carrées de Papadopoulos rappela soudain au fugitif les courses-poursuites dans la nuit parisienne. Il eut la certitude d'avoir devant lui le tueur des Cortázar qui l'avait plusieurs fois guetté dans l'ombre.

La porte suivante donnait sur un réduit, presque un placard, qui servait de resserre et qu'on avait encombré de cartons de déménagement. Il poussa plusieurs d'entre eux contre le battant pour le bloquer et chercha une issue. La lumière parvenait du dehors par un vasistas situé sous le plafond. Ils auraient eu du mal à se faufiler par là, même s'ils avaient pu grimper à ces hauteurs. Quelqu'un commençait à toquer de plus en plus fermement côté couloir.

— Que se passe-t-il? demanda Adonie.

— Ils m'ont piégé, répondit Ferdinand en fouillant désespérément le débarras.

— Qui ça? Ces messieurs de chez Pinkerton? Mais c'est impossible! Je les ai tous invités au mariage!

Ferdinand s'efforça d'empiler entre la porte et eux tout ce qui lui tombait sous la main.

— J'ai cru que j'étais harcelé par un tueur, mais en réalité on me rabattait vers cet endroit comme un cerf acculé par la meute!

À force de déplacer des vieilleries, il dégagea une porte située sous le vasistas. Hélas, elle était fermée à clé.

— Dommage que tu n'aies plus la miche de pain que je t'avais apportée en prison..., dit Adonie.

Il lui aurait fallu quelque chose à introduire dans la serrure, n'importe quoi. Ferdinand tâta ses poches à la recherche d'un trombone qu'il aurait oublié et sentit quelque chose de dur. Ce qu'il en retira n'était pas un trombone, c'était un passe-partout. Il l'introduisit dans la serrure, qui voulut bien céder. Adonie battit des mains.

— Tu penses à tout, mon chéri !

— Je crois plutôt que quelqu'un y a pensé pour moi.

Ils débouchèrent dans une courette qui donnait sur la rue. En repassant devant l'entrée principale, l'héritier donna un coup de pied dans le portail. La pancarte « Agence Pinkerton » avec son œil géant accrochée au-dessus tomba sur le trottoir.

— Elle n'est pas très solide, cette agence, constata Adonie.

— C'est parce qu'elle n'existe pas, répondit Ferdinand.

Quoique déconcertée par la tournure des événements, la jeune femme était heureuse de voir son fiancé prendre des initiatives. C'était un trait de caractère qu'elle ne lui connaissait pas. Cinq ans plus tôt, rien en lui ne l'avait impressionnée, c'était pourquoi leurs fiançailles en étaient restées au baiser de Meudon et à la bague-souvenir. Depuis leurs retrouvailles, elle l'avait d'abord considéré comme un niais facile à duper. Elle se demandait à présent s'il ne valait pas mieux que ça, en fin de compte, avec ou sans diamants.

Tandis qu'ils descendaient le boulevard d'un pas rapide, il lui exposa ce qui n'allait pas dans cette agence. Ce Joséphin Legendre n'était pas celui qui était venu le libérer des geôles de la Sûreté, ils ne se ressemblaient même pas. Quand le prétendu avocat avait prononcé une phrase que Ferdinand avait entendu le comte de la Garçonnière lui dire en haut de la tour Eiffel, sur le même ton, de la même voix, le jeune homme avait compris que les deux personnages n'en étaient qu'un, et fort louche, de surcroît.

Il comprenait à présent pourquoi Ugolin de la Garçonnière avait pu lui montrer qu'il portait une fausse moustache. Ses cheveux blancs étaient eux aussi postiches. Legendre s'était déguisé, il avait modifié son comportement, mais ses expressions linguistiques restaient les mêmes.

Après leur entrevue au sommet, Ferdinand l'avait attendu à la sortie d'un bistrot, en vain, non parce que le comte s'était esquivé par une issue secrète qui n'existait pas, mais parce qu'il s'était changé dans les lavabos pour quitter les lieux sous une autre apparence, celle d'un curé ou celle d'un livreur de charbon, au nez et à la barbe du curieux qui le filait.

Et voilà que Ferdinand le retrouvait dans cette agence en trompe-l'œil et faux-semblants où l'on tentait de lui faire signer des pouvoirs qui lui retireraient le contrôle de ses intérêts !

Il en était là de sa récapitulation quand la grosse berline noire qui l'avait déjà suivi plusieurs fois les dépassa et s'arrêta à deux mètres devant eux.

— Montez, leur lança le pseudo directeur de l'agence Pinkerton. Ne craignez rien. Nous avons à discuter.

— Discuter de quoi ? rétorqua Ferdinand.

— De diamants ? suggéra Papadopoulos.

L'héritier hésitait. La prudence lui commandait de fuir ces gens douteux, mais la curiosité le poussait à entendre ce qu'ils avaient à lui dire. Il choisit un moyen terme, poussa la porte d'un café et y entra du pas d'un homme qui vient de prendre une grande résolution, Adonie à son bras.

19

Un diamant ou deux dans votre café ?

Ferdinand laissa les trois menteurs de la pseudo agence se serrer sur la banquette et s'assit en face d'eux sur une chaise avec Adonie.

— N'ayons l'air de rien, n'attirons pas l'attention, déclara Papadopoulos.

Cet homme devait être le cerveau du complot, car il héla le garçon d'un air d'autorité pour commander à boire. Adonie ne savait que choisir, c'était la première fois qu'elle prenait un verre en compagnie d'une bande d'escrocs.

— Essayez le mojito, lui conseilla Incarnacion.

— J'espère que ce n'est pas une de vos boissons sud-américaines pour bagnards évadés, dit Ferdinand.

— Non, non, c'est juste une menthe à l'eau, répondit la danseuse en robe de nonne.

Ferdinand attendit que le serveur leur eût apporté les commandes et se fût éloigné pour mettre d'emblée les points sur les *i*.

— Alors, d'abord, vous n'êtes pas Me Legendre, lança-t-il à l'avocat. Le vrai Legendre a déployé ses talents pour m'arracher aux griffes de la Sûreté et il était moins gros que vous.

L'interpellé mit la main dans sa poche révolver, ce qui fit regretter à Ferdinand d'avoir été si brutal, et en retira un « permis de conduire des véhicules à moteur » où figuraient sa photographie, son nom et sa profession.

— Je ne sais pas qui vous avez rencontré au quai des Orfèvres, mais ce n'était pas moi. J'évite autant que possible la fréquentation des forces de l'ordre.

— Ça ne doit pas être commode pour plaider, dit Adonie en sirotant sa menthe à l'eau qui sentait le rhum.

D'une voix grave, le directeur de la fausse agence déclara que « leur malheureux client » était de toute évidence sous le choc causé par une tension exagérée : il voyait des avocats partout. C'était l'effet Cortázar.

— Vous me fatiguez, avec vos Cortázar, répondit l'héritier. Je suis sûr qu'ils sont nés de vos manigances.

— Vous avez besoin d'un médecin, dit Papadopoulos

— Pourquoi pas le Dr Gamin ? suggéra Ferdinand. Ainsi votre bande sera au complet.

Comme ses interlocuteurs semblaient fort contrariés de l'entendre citer le bon Dr Gamin qui avait fait croire à son oncle qu'il était mourant, le jeune homme s'adressa à Incarnacion.

— Ce qui me déçoit le plus, ce sont vos mensonges, « ma sœur ». Vous avez feint votre enlèvement pour m'effrayer.

— Oh, ça va, hein, dit la danseuse de tango. Quand on a manqué un héritage de plusieurs millions, l'honnêteté est un luxe qu'on ne peut plus s'offrir.

— Vous avez tort de le prendre mal, dit Joséphin Legendre. Nous pouvons réellement vous être utiles.

— Je me passerai de vos services, lui lança Ferdinand.

Papadopoulos lui rappela que quelqu'un lui avait tiré dessus en pleine rue.

— Je suis sûr que c'était vous ! dit l'héritier. De vrais tueurs ne m'auraient pas raté !

— Je viens de passer la semaine dans le Poitou, dit Papadopoulos, je peux le prouver.

— C'était votre M. Legendre, dans ce cas. Il ne rentre pas du Poitou, lui. Je l'ai vu hier, habillé pour la chasse à courre sur la tour Eiffel. Qui me dit que ce n'est pas vous qui avez pourfendu mon oncle Aristide ?

Les yeux d'Adonie allaient de l'un à l'autre avec une expression de plus en plus ébahie.

— Je crois que je vais reprendre une menthe à l'eau, déclara-t-elle avec un signe au serveur.

— Je sais qu'Incarnacion n'est pas plus détective que religieuse ! poursuivit l'héritier. La nuit du meurtre, elle faisait un extra avec les clients du dancing ! Elle valsait à vingt sous la demi-heure pendant qu'on éventrait son patient !

Papadopoulos se tourna vers la danseuse.

— Ma chère, veuillez sermonner votre protégé, il déraisonne !

Incarnacion haussa les épaules et fit signe au garçon de renouveler aussi son picon-bière.

— Il a tout compris, mon vieux, l'affaire est dans le lac Machónico.

Son picon-bière à la main, elle désigna les convives l'un après l'autre.

— Legendre est un avocat à demi radié du barreau. Papadopoulos est... il vaut mieux que tu ne saches pas quoi. Gamin se drogue avec sa propre camelote, et j'en ai marre de danser la rumba avec des vieux dont la main se pose plus souvent sur mes fesses que sur mes hanches. J'aurais bien eu besoin d'un petit diamant pour mettre du brillant dans ma vie. Artiste, c'est pas un métier.

— Artiste ! répéta avec mépris le « demi-radié du barreau ».

— Combien ça paye ? demanda Adonie. Vous avez de longues journées ?

— De longues nuits, surtout, répondit la danseuse. Et le budget chaussures est ruineux.

Dès les premiers ravages de l'épidémie, Aristide Lepère avait supplié le médecin de lui prescrire des piqûres. Gamin avait tout de suite senti le filon. Il s'était mis en cheville avec Papadopoulos, qui avait fait recommander Incarnacion comme infirmière. C'était son nom de danseuse argentine, ils avaient juste ajouté « sœur » devant. Avant-guerre, un admirateur l'avait emmenée à Buenos Aires, elle connaissait assez le pays pour pouvoir écouter Aristide radoter sur sa vie là-bas sans avoir l'air de découvrir la Lune.

— Mais... pour les soins ? dit Ferdinand.

— Ça consistait à tout frotter au désinfectant vingt fois par jour et à lui enfoncer une seringue dans les fesses de temps en temps, dit l'infirmière dévouée.

Ferdinand était abasourdi. Il avait failli confier sa sécurité à un repris de justice, un avocat véreux et une danseuse à louer.

— Vous êtes les Pieds nickelés de l'assassinat !

— Pardon, rectifia Papadopoulos : si nous étions des assassins, vous ne seriez plus là pour nous le reprocher.

L'héritier leur jeta un regard soupçonneux.

— Lequel d'entre vous est Arsène Lupin ?

— Pas moi, de toute évidence, dit Incarnacion.

Restaient Papadopoulos et Legendre. Il allait y avoir du tirage de faux cheveux.

— Vous savez, reprit le pseudo directeur d'agence, nous n'avons fait que convoiter une fortune mal acquise. En réalité, votre oncle n'a jamais gagné cet argent : c'était celui d'un bagnard nommé Albert Lenfant. Aristide et lui se sont rencontrés à Cayenne. Ils formaient un couple, si vous voyez ce que je veux dire. Les deux tiers des bagnards fonctionnent comme ça. Ils ont fini par s'échapper et ont échoué à Buenos Aires. Par la suite, Aristide a réussi à se faire gracier, mais pas Albert. Il est donc rentré seul, muni des indications nécessaires pour retrouver les diamants que son compagnon avait mis de côté avant son arrestation. Legendre avait défendu Lenfant en tant qu'avocat, il a reconstitué l'affaire. La fin, vous la connaissez : Aristide a jugé l'Élysée-Palace plus confortable que les *estancias* argentines, il n'a jamais repris le bateau.

Ferdinand comprit soudain pourquoi Legendre, alias Ugolin de la Garçonnière, avait été si troublé de l'entendre citer le nom d'Albert Lenfant.

— Lenfant comptait sur Aristide Lepère pour obtenir sa grâce, expliqua l'avocat. Votre oncle m'avait chargé d'envisager une requête, mais je crois qu'il ne souhaitait guère voir débarquer son ancien compère. Il a fini par me congédier.

— Il suffisait à ton oncle de vendre un diamant de temps en temps pour vivre comme un roi, conclut Incarnacion.

Ferdinand était accablé. Il existait donc un voleur coincé en Argentine, son oncle ne valait pas mieux, et une troupe de bandits était accrochée à ses basques !

— Quel nœud de vipères ! dit Adonie.

— Une troisième menthe à l'eau, ma chère ? proposa Incarnacion.

— Merci, non, j'ai l'impression que la menthe me monte un peu à la tête.

— Hélas, nous n'avons rien pu obtenir d'Aristide, reprit Legendre. Incarnacion et moi l'avons tanné pour qu'il rédige un testament, mais pépé a lâché mon cabinet et n'en a fait qu'à sa tête. Tout laisser à un lointain parent qu'il n'avait jamais vu ! Quelle idée ! Et pas moyen de mettre la main sur ces maudites pierres !

— Alors, quand il est mort, vous vous êtes dit que vous alliez vous rabattre sur son neveu, conclut ce dernier.

Un silence navré suivit ces mots.

— Je suis sûr que vous l'avez tué ! dit Ferdinand. Vous pensiez hériter ! Si ce n'est Papadopoulos, c'est vous, Legendre !

— Contrairement à Arsène Lupin, dit l'avocat, j'ai un alibi pour la nuit du meurtre. Vous vérifierez facilement : je plaidais à Marseille dans une affaire de… d'associés dans un commerce non enregistré par l'État.

— Qui se ressemble s'assemble ! dit Ferdinand. Où se situe Arsène Lupin, dans votre embrouille ?

— Nulle part, dit Papadopoulos.

— Vous n'allez pas me faire croire que les assassins sont réellement les frères Cortázar ?

— Il n'y a jamais eu de Cortázar, dit le faux directeur.

Ils les avaient inventés pour faire craquer Ferdinand, qui s'était révélé plus coriace que prévu. Incarnacion poussa un soupir.

— Jamais je n'aurais cru qu'un petit employé aux écritures aurait autant de ressort.

— C'est que j'ai moi aussi mes secrets, répondit le jeune homme.

En fin de compte, venger son oncle lui importait davantage que les diamants.

— Si vous m'aidez à livrer l'assassin à la police, je vous promets un pourcentage, déclara-t-il. Et je le double si nous attrapons Arsène Lupin !

La prime alluma dans leurs yeux une lueur de convoitise que le nom de Lupin éteignit un peu.

— Arrêter Lupin tourne à l'obsession, chez vous, fit remarquer Legendre. Mais soit !

Adonie sentit une idée judicieuse percer les brumes de la menthe à l'eau argentine.

— Arrête-moi si je me trompe, mon chéri, mais si Lupin n'est pas ici, cela veut dire que…

— Qu'il est en train de chercher les diamants ! compléta Legendre.

Les deux autres comploteurs étaient d'accord avec ce raisonnement.

— Croyez bien que, s'il les cherche, il les a certainement trouvés, dit Papadopoulos.

— Pas sûr, dit Incarnacion. La suite d'Aristide a été placée sous séquestres par la police. Deux fois.

C'était là-bas qu'il fallait reprendre les recherches. Ils avaient réuni un fatras d'indices qu'il était temps de mettre à profit pour damer le pion au gentleman perceur de coffres.

Les apprentis détectives quittèrent la table pour courir à l'Élysée-Palace. Le trio s'entassa dans sa traction avant tandis que les deux autres sautaient dans un taxi pour aller chercher la bible et la boîte de haricots au domicile de Ferdinand.

Malgré un excès de menthe à l'eau, Adonie avait parfaitement suivi les méandres des récapitulations qui venaient d'être faites.

— Si je comprends bien, les gens que tu viens d'engager veulent te voler ton héritage.

— C'est un fait établi.

— Mais ce ne sont pas des assassins.

— On dirait.

— Reste à savoir quel est le rôle d'Arsène Lupin dans tout ça.

— Il ne doit pas être loin, en tout cas, dit Ferdinand.

— Tu ne crois pas que je suis Arsène Lupin, quand même, mon chéri ?

Il l'embrassa.

— J'espère que cela répond à ta question.

Adonie jugea sa manière de raisonner pas désagréable. Peut-être allait-elle revoir ses priorités.

Jusqu'à présent, cela avait été : « Argent, amour, vie facile. » Après tout, l'argent pouvait passer au second plan, à condition qu'il y en ait suffisamment.

20

L'esprit de famille

Après avoir stationné un moment devant l'Élysée-Palace, le petit groupe désigna André Papadopoulos, qui présentait bien, pour s'enquérir de la suite présidentielle, si l'on pouvait la visiter ou si la police avait à nouveau apposé des scellés.

— Allez-y, vous avez l'air honnête, l'encouragea Ferdinand.

— Et vous pas ? répliqua Papadopoulos.

— Moi, ils m'ont accusé de leur avoir laissé un cadavre dans un placard.

— Ah, je vois, vous avez un passé.

André Papadopoulos traversa la rue du pas d'un gros bourgeois qui a du temps à perdre et salua le chasseur en long manteau bleu à gros boutons dorés qui faisait le pied de grue sur le tapis rouge. Il sortit de sa poche un étui en argent et lui offrit une cigarette que l'employé remisa pour plus tard dans la doublure de son haut-de-forme démesuré.

— Je m'étais toujours demandé à quoi servaient ces chapeaux, chuchota Adonie.

Dissimulés par un arbuste en pot, ils observaient de loin la scène dont dépendait la suite de leur chasse aux diamants. Quand leur compère les rejoignit de son pas de promeneur, il apparut que les scellés étaient toujours sur l'appartement d'Aristide : l'entrée était interdite à tout le monde, y compris au personnel.

— Même à l'héritier? demanda Incarnacion.

— Surtout à l'héritier! Je crois que la police le tient pour responsable.

— C'est fichu, dit Ferdinand.

— Mais non, il y a toujours moyen de s'arranger, rétorqua l'avocat véreux.

Le jeune homme avait oublié qu'il travaillait avec des crapules patentées capables de mettre sur pied tous les stratagèmes imaginables pour parvenir à leurs fins. Ils fondirent l'un après l'autre sur l'établissement de luxe aussi sûrement que des chauves-souris guidées par leur troisième œil.

Incarnacion connaissait un garçon d'hôtel pour avoir dansé le tango avec lui au dancing, il la fit monter en douce sans trop se faire prier. Papadopoulos se servit d'Adonie pour jouer au couple de clients. La bouche couverte d'un masque, ils s'assirent un moment dans le hall, puis se hâtèrent de s'engouffrer dans l'escalier dès que le personnel fut occupé ailleurs. Quant à Joséphin Legendre, il se faisait fort de passer inaperçu, il avait des talents d'homme invisible.

— Aucune chance qu'on me voye!

— On ne dit pas « voye », corrigea Ferdinand.

— Ah bon? C'est pas comme « croye »?

Pour sa part, l'héritier entra côté communs avec les fournisseurs venus livrer les truffes, le caviar et les poulardes. Il traversa les cuisines, décrocha d'une patère un tablier et un bonnet blanc, s'empara d'un plateau, posa une théière dessus et commença sa nouvelle vie de criminel en gagnant les étages.

Les scellés collés sur le chambranle n'opposèrent pas une résistance insurmontable.

— Je n'ai jamais compris comment la justice pouvait compter sur un simple fil entre deux cachets de cire dit Legendre.

— C'est parce que vous êtes malhonnête, dit Ferdinand.

La suite portait encore les traces des meurtres de Zébulon et d'Aristide : on voyait des éclaboussures douteuses ici et là. Adonie s'horrifia avec délice.

— C'est un peu comme visiter le château hanté à la Fête à Neuneu ! Il ne manque que les squelettes qui font coucou !

Les plus avides retournèrent certains meubles pour vérifier que les diamants n'étaient pas collés dessous.

— La police a sûrement déjà regardé, dit Ferdinand.

— Elle n'est pas si motivée que nous, répondit Papadopoulos.

Legendre entreprit de démonter un fauteuil dont il arracha la bourre et cassa les pieds.

— Ta méthode de fouille est déplaisante, dit Papadopoulos.

— Et elle laisse des débris, renchérit Incarnacion. Que personne ne touche au bar !

Le buffet était garni d'une dizaine de bouteilles aux teintes variées : des whisky, des anis grecs et des liqueurs d'Amérique latine dont Ferdinand ignorait tout. Legendre demanda où était la cuisine.

— Il n'y a pas de cuisine, dit l'ancienne gouvernante du défunt. Pourquoi ?

— Les gens cachent toujours leurs bijoux dans leurs réserves de sucre ou de farine.

— On sent chez vous une longue expérience dans ce domaine, fit observer Ferdinand.

Il retira de la table de nuit le pistolet de son oncle et le présenta à l'infirmière au chômage.

— Ma sœur ?

— Aristide avait parfois des frayeurs nocturnes. C'est en tout cas ce qu'il prétendait. Avec tous ces diamants, ça se comprend.

Si Zébulon Cousin était venu ici, sans doute avait-il des raisons de croire que les diamants s'y trouvaient encore. La suite étant louée à l'année, rien n'avait été modifié. Vu le goût d'Aristide pour les antiquités sud-américaines, la différence entre les objets appartenant à l'hôtel et les siens n'était pas difficile à établir. Il ne pouvait avoir choisi comme cachette qu'un bibelot qui ne risquait pas d'être emporté ou échangé. Les chercheurs de trésors grattèrent les grains du chapelet offert par la nonne et secouèrent une statuette de Notre-Dame de Guadalupe pour voir si des diamants miraculeux tombaient de son tablier fleuri.

Ils en étaient là de leurs investigations quand on tambourina à la porte.

— Ouvrez-moi ! cria une voix. Je vous ordonne de m'ouvrir tout de suite !

Qui cela pouvait-il être ?

— Si c'est la police, prévint Legendre, je saute par la fenêtre.

— C'est pour quoi ? demanda Papadopoulos.

— Je suis Ferdinand Lorphelin ! répondit la voix.

On n'aurait pas été plus perplexe si l'inconnu avait déclaré être le défunt Aristide en personne. Il fallut néanmoins ouvrir pour mettre fin au tapage.

L'homme qui pénétra dans la suite était un gringalet voûté, au teint cireux, dont le nez était chaussé de lorgnons comme quelqu'un qui passe ses journées à recopier des chiffres sur un livre de comptes. Il semblait furieux de voir les lieux envahis.

— Que faites-vous chez moi ? Où vous croyez-vous ? Tout est à moi !

Le regard d'Adonie passa plusieurs fois de l'un à l'autre et s'arrêta sur Ferdinand.

— Mon chéri, qui est ce monsieur ?

Ferdinand ne répondit rien, il paraissait fort dépité.

— Je suis Ferdinand Lorphelin ! clama le nouveau venu. Cet individu n'est qu'un vil imposteur !

Adonie tâcha de se remémorer ses souvenirs du Ferdinand qu'elle avait fréquenté cinq ans plus tôt. Lui la reconnut tout de suite.

— Adonie ! Qu'est-ce que tu fais là ? Tu es venue me restituer ma bague de fiançailles ?

C'était bien l'homme qu'elle se rappelait : un rat à la mémoire d'éléphant. Elle n'eut pas le courage de réitérer le baiser baveux de Meudon pour s'en assurer tout à fait.

Le regard du véritable neveu tomba sur le fauteuil décharné.

— Où sont mes diamants ? Ne touchez à rien ! Tout m'appartient !

Les comploteurs observèrent avec curiosité celui qu'ils avaient pris pour Ferdinand des jours durant.

— Si ce monsieur est l'héritier, dit Papadopoulos, qui êtes-vous donc ?

— On s'est fait avoir par plus filou que nous ! commenta sombrement Incarnacion en débouchant une bouteille choisie dans le bar.

Legendre se frappa le front.

— Bon sang ! Ça me semble évident : c'est Arsène Lupin !

Le faux Ferdinand s'insurgea.

— Vous êtes fou ? Et pourquoi pas le pape, tant que vous y êtes ?

Le second Lorphelin gardait les yeux fixés sur la bonne sœur en train de se verser un grand verre d'alcool jaune. Sa position sur le sofa laissait voir ses escarpins rouges à talons hauts.

— À propos de pape, demanda-t-il, que fait chez moi cette religieuse ?

— Elle travaille pour vous, répondit Papadopoulos. Savez-vous qui est votre usurpateur ?

— Bien sûr ! Il s'appelle Isidore Beautrelet !

— Un mot d'explication, monsieur Beautrelet ? suggéra Papadopoulos.

— *Auri sacra fames*[1] *!* dit Isidore Beautrelet.

Il dut se résigner à révéler son côté de l'histoire. Il avait déjà affronté Lupin dix ans plus tôt à l'occasion d'une escroquerie qui s'était terminée dans un fragment de la falaise d'Étretat nommé l'Aiguille et qui était creux. Cette aventure lui avait laissé un

1. Exécrable appétit pour l'or ! (Virgile)

goût amer. Tant d'enthousiasme déçu ! Ses études terminées, il était entré dans une vie active médiocre. Lorsqu'il avait appris que Lupin était accusé d'avoir tué l'oncle Aristide, il avait appliqué à cette nouvelle affaire certains talents qu'il possédait dans le maniement des archives. Cela lui avait permis d'identifier l'héritier, à qui il avait proposé de prendre sa place le temps de faire arrêter l'assassin de son oncle, c'est-à-dire Arsène Lupin.

— Comme c'est noble à toi ! dit Adonie.

— Je lui ai démontré que j'étais le mieux placé pour le débarrasser de l'ignoble Lupin, poursuivit Beautrelet. Comme M. Lorphelin craignait pour sa vie, il m'a accordé dix jours.

— Il m'a dit qu'il ne toucherait pas à mes diamants ! couina le véritable neveu d'Aristide. Maintenant que je vois tout ce monde grouiller chez moi, j'ai des doutes !

M. Lorphelin avait fourni à son remplaçant les renseignements nécessaires pour jouer son rôle. Et Beautrelet avait changé d'adresse afin que ses voisins ne s'étonnent pas de son nouveau nom.

— Hélas, je n'ai pas l'art du déguisement cher à Arsène Lupin.

Papadopoulos éclata de rire.

— Vous êtes le plus finaud d'entre nous ! Vous avez effrayé l'héritier en lui faisant croire que l'insaisissable Lupin avait coupé son oncle en deux et qu'il allait s'en prendre à lui ! Du grand art ! Et si simple ! Nous sommes des amateurs en comparaison !

— C'est parce que je n'ai pas menti, se défendit Beautrelet, j'ai dit la vérité toute nue. Il s'agissait d'honorer la mémoire de M. Lepère en arrêtant Lupin. Vu l'importance de l'héritage, M. Lorphelin lui devait bien ça.

— Quand on explique aux gens que leur vie est menacée, on obtient généralement leur attention, approuva l'avocat.

La figure de l'héritier laissa penser qu'il n'était plus très convaincu de devoir quoi que ce soit à son bienfaiteur d'oncle. L'appât du gain l'avait emporté sur la piété filiale et sur la peur.

Adonie Bonnefille jaugeait le nouveau venu avec déception. Il ne s'était pas amélioré depuis leur sortie au parc de Meudon. Il s'était racorni, avait jauni, on aurait dit un vieux papier oublié au fond d'un tiroir. Elle aimait mieux le remplaçant qui lui parlait en latin.

— Les diamants sont à toi, alors ? demanda-t-elle.

— J'espère bien ! dit le vrai Lorphelin. Enfin, quand les formalités auront été remplies, que la succession sera close et que j'aurai été reconnu par la justice.

Voilà qui était bien long et bien compliqué. Alors qu'avec l'autre Ferdinand tout était à la fois si simple et si brillant !

— Qui sont ces gens ? demanda le vrai neveu sur le ton d'un gastronome qui découvre que son camembert a des asticots.

Beautrelet fit les présentations.

— Sœur Incarnacion, M. Papadopoulos, M. Legendre.

Le neveu haussa le sourcil.

— C'est une réunion de famille ?

— Ces personnes ont accepté de m'aider à confondre Lupin.

— À le confondre avec quoi ?

La bonne sœur d'occasion ricana.

— J'ai déjà remarqué que les plus riches sont souvent les plus bêtes, mais j'ignorais que l'argent rendait stupide à cette vitesse-là.

— Non mais dites donc ! dit l'héritier.

— C'est parce que la bêtise attire la fortune, dit Legendre.

— Non mais dites donc !

Une idée était venue à Papadopoulos.

— Ce fameux tonton Aristide ne serait-il pas plutôt votre père caché ? « Aristide Lepère », ça ressemble à un indice, non ?

M. Lorphelin se récria.

— Jamais ma sainte mère n'a chagriné papa ! J'ai très bien connu mon père, je vous assure qu'il n'avait rien de commun avec un forçat ! Il était préposé aux enregistrements à l'administration des postes !

— Justement, elle en a peut-être eu assez des timbres et des tampons... Un aventurier mystérieux, ça vous pimente une vie de petite-bourgeoise...

— Moi, le fils d'un bagnard ? Jamais ! D'ailleurs le notaire a parfaitement reconstitué mon arbre généalogique : Aristide est le cousin de la belle-mère de la grand-tante de je ne sais plus qui ! La filiation est limpide !

— Ou alors vous êtes le fils du notaire et il vous a placé là pour l'héritage..., suggéra Legendre.

M. Lorphelin estima urgent de mettre un terme à cette discussion. Au train où allaient ces suppositions, il serait bientôt le fils caché du Grand Turc et de la Bégum.

— Me Filleul a été très persuasif, jamais je n'ai douté de ma parenté avec M. Lepère !

— Dame ! dit la nonne aux escarpins. Un ou deux millions en diamants n'incitent pas à réfléchir longtemps !

Le neveu prit une grande inspiration afin de se calmer et aborda le seul sujet qui lui importait vraiment.

— Alors, monsieur Beautrelet ? Où en êtes-vous de vos recherches ? Avez-vous fait arrêter Lupin ? Et mes diamants, où sont-ils ? Que font ces gens chez moi ? Ce sont... Ce sont les assassins ?

— Rassurez-vous, dit Beautrelet. Tout l'entourage de votre oncle conspirait pour mettre la main sur votre héritage, mais le meurtre a été commis par quelqu'un d'autre.

Incarnacion dévisageait le neveu avec un intérêt suspicieux.

— Après tout, dit-elle, M. Beautrelet avait un alibi pour le soir du crime. Mais vous ?

Lorphelin redoubla d'indignation.

— C'est complet ! Me soupçonner d'atrocités, moi, un employé de la société Dubuisson Frères !

Incarnacion s'adressa à Beautrelet.

— Vous voyez : lui, il est crédible en gratte-papier. Il ne sort pas du latin à tout bout de champ.

— Merdum, ma sœur, dit Beautrelet.

21

Diamants sous canapé

En avocat habitué à se documenter pour le bénéfice des causes, même douteuses, qu'il avait à défendre, Joséphin Legendre s'était renseigné sur la nature des joyaux. Il tira de sa veste un carnet marron.

— J'ai pris de petites notes, déclara-t-il en cherchant sa page.

— J'espère que ce ne sera pas un gros pensum, prévint Incarnacion.

— Laisse-le faire, ma chère, dit Papadopoulos. Autant mettre toutes les chances de notre côté.

— Alors, voilà, ahem ! dit l'orateur. Les diamants purs sont incolores. Incolore signifie que la pierre n'absorbe pas la lumière. Au contraire, elle réfléchit toutes les ondes lumineuses vers l'observateur, qui, par conséquent, ne voit que du blanc, ce que l'œil humain interprète comme « sans couleur ». Vous suivez ?

— C'est fascinant, dit la danseuse de tango à coiffe empesée. Je me sens déjà plus riche.

M. Lorphelin répondit qu'il suivait parfaitement. Il s'était familiarisé avec les couleurs auprès de son grand-père, qui peignait les plages d'Étretat, le dimanche, par beau temps.

— Si je comprends bien, dit Adonie, le diamant n'est pas blanc, c'est nous qui le voyons ainsi.

Beautrelet nota que sa fiancée autoproclamée faisait preuve d'une vivacité d'esprit inattendue et même suspecte.

— Bien, dit Legendre. Puisque vous êtes tous des spécialistes, ça va aller tout seul. Ce sont donc les impuretés de la structure moléculaire du diamant qui modifient l'absorption de la lumière. Par exemple, les diamants bleus absorbent toutes les longueurs d'onde sauf le bleu. En l'occurrence, l'impureté est le bore. En revanche, la présence d'hydrogène produit des nuances violettes. La couleur verte est causée par une exposition à l'uranium. L'azote donne des diamants jaunes. Le diamant rouge est le plus rare de tous. Jusqu'à présent, seules quelques dizaines de pierres ont été certifiées.

— Je suppose qu'elles sont onéreuses ? dit Adonie.

— Dites plutôt inestimables. Ne songez pas à en acheter à moins d'être un nabab, un maharadja, ou de vous appeler Rockefeller. On les découvre le plus souvent au Brésil.

— Le Brésil ? N'est-ce pas tout proche de la Guyane ? dit Adonie Bonnefille.

— En Guyane, on ne casse pas le même genre de cailloux, répondit Incarnacion.

— Et cela va nous aider à découvrir leur cachette, votre topo ? demanda Papadopoulos.

— Non, mais quand nous les aurons nous saurons ce que nous posséderons.

— Ce que JE posséderai, corrigea l'héritier.

— Bref, conclut Legendre, ça coûte la peau des yeux !

— On dit la peau du cul, corrigea Papadopoulos.

— Préférez plutôt « les yeux de la tête », leur conseilla Beautrelet.

Sur son coin de canapé, l'héritier s'impatientait.

— Suis-je à une soirée des Variétés burlesques ?

Adonie se permit un aparté.

— Toi aussi, tu es employé aux inscriptions ? demanda-t-elle au nouveau millionnaire.

— Aux inscriptions ? répéta Lorphelin. Ah, oui, je tiens les livres de « Dubuisson frères, clous et vis en tous genres ».

Elle se dit qu'il avait bien un genre de clou vicieux.

On toqua de nouveau à la porte, mais cette fois avec l'élégance d'une personne capable de se faire entendre des occupants de la suite sans déranger tout l'étage. André Papadopoulos se dévoua pour ouvrir – il avait été établi une fois pour toutes par un accord tacite qu'il était celui d'entre eux qui inspirait confiance.

Il trouva dans le couloir un monsieur impeccablement mis qui se présenta comme le directeur de cet établissement. Il était accompagné d'un garçon d'hôtel en livrée chargé d'emballer les objets personnels du défunt. La direction avait décidé qu'elle préférait rembourser la location de la chambre à l'héritier plutôt que de continuer à voir une foule interlope défiler entre ces murs.

— Une foule interlope ? répéta Papadopoulos en haussant le sourcil à la manière d'un lord écossais dont on critique le kilt.

Le directeur pencha la tête pour mieux voir les personnes assises au salon derrière son interlocuteur, un petit aréopage bariolé d'intrus dont un faux serveur en tablier blanc et une nonne à talons hauts, sans parler des morceaux de mobilier épars sur le tapis.

— Je pense que les explications sont superflues, conclut-il.

Joséphin Legendre crut bon de déployer ses qualités d'homme de loi.

— Comment ça, « emballer les objets personnels » ? Je croyais que la justice avait fait poser des scellés sur cet endroit, déclara-t-il sans honte.

— Le service juridique de notre conseil d'administration vient de les faire lever. Nous avons toute latitude pour reprendre possession des lieux. Je vous souhaite une bonne fin de journée.

Sur ces mots, il se dirigea d'un pas fatigué vers l'escalier. Le garçon d'hôtel déposa ses paniers à divers points de l'appartement pour y entasser les bibelots du tonton après qu'il les aurait enveloppés dans du papier de soie. Les amateurs de diamants suivirent ses mouvements pour voir ce qu'il comptait soustraire à leurs recherches. Il s'agissait surtout de vêtements, de quelques livres, principalement des récits de voyages, et d'affaires de toilette usagées quoique de bonnes marques. Chaque fois que l'employé choisissait un objet, ils le lui ôtaient des mains pour l'examiner sous toutes les coutures, dans l'hypothèse où les joyaux n'avaient pas été emportés par Arsène Lupin.

— Je doute fort que ce bandit ait eu le temps de les prendre, dit Beautrelet. D'après la presse, l'appartement n'était pas sens dessus dessous à l'arrivée de la police, rien n'avait été dérangé.

— On n'a jamais rien vu de dérangé chez Arsène Lupin à part son cerveau, dit Papadopoulos.

Beautrelet était persuadé que l'assassin avait lui-même donné l'alerte pour faire arrêter Lupin à sa place. Sans doute était-il tapi derrière un meuble ou caché dans la pénombre quand le cambrioleur était entré. Il s'était arrangé pour que son concurrent n'ait pas le temps de fouiller. Ainsi il faisait coup double : Lupin était accusé du meurtre et les diamants restaient à trouver.

— Et qui vous dit que l'assassin ne les a pas déjà pris ? objecta Papadopoulos.

— S'il les avait, il n'aurait pas attendu que Zébulon Cousin vienne le faire chanter.

— Et qui vous dit qu'il ne les a pas découverts depuis lors ? dit Legendre.

— Nous avons constaté nous-mêmes que les scellés posés par la police après le deuxième meurtre étaient intacts, répliqua Beautrelet.

— Brillant ! dit Incarnacion en levant son verre dans sa direction.

Adonie battit des mains.

— Mon Isidorounet ! Comme tu es intelligent !

Son fiancé de Meudon leva les yeux au ciel.

Le valet d'hôtel s'empara d'une corbeille de fruits qui traînait là depuis la veille du meurtre et s'apprêta à la verser dans un seau destiné aux détritus.

— Hep ! Hep ! dit Legendre. On ne jette rien !

Certains fruits étaient pourris, d'autres blets ou desséchés. Certes, il aurait été facile pour Aristide d'enfoncer ses diamants à l'intérieur. Les chasseurs de trésors se partagèrent les fruits pour les dépiauter à l'aide des petits couteaux en vermeil. Puis ils se dirent que le millionnaire n'aurait pas pris le risque que ces aliments soient jetés par accident et ils renoncèrent à tripoter ces vestiges moisis.

Isidore Beautrelet reprit ses réflexions à voix haute. Aristide Lepère se croyait perdu à cause des prédictions apocalyptiques du Dr Gamin et de l'atmosphère de fin du monde qui régnait partout. Que désirait-il qu'il advienne de ses biens après sa disparition ? De toute évidence, il entendait en léguer une grosse part à son parent le plus proche sans avoir aucune idée de qui ce pouvait être.

— Nous avons toujours eu le sens de la famille, précisa le neveu d'une voix aigre.

Chacun était bien convaincu que, s'il avait eu le temps de connaître son héritier, ce pauvre Aristide aurait pris d'autres dispositions.

Le neveu mis à part, la seule personne pour qui le défunt avait montré un début d'affection était sœur Incarnacion, cet ange de compassion qui l'avait choyé sans la moindre arrière-pensée. Or il avait fait deux cadeaux *post mortem* : l'un à la religieuse, une bible, choix parfaitement approprié, et l'autre à son parent inconnu, des haricots en boîte.

— Pardon ? dit ce dernier. Il m'a légué des légumes ?

Beautrelet désigna la boîte de conserve qu'il avait déposée sur une commode avec la bible. Le bénéficiaire du legs contempla le reliquat avec stupéfaction.

— Elle est ouverte, en plus !

Beautrelet avait vérifié que les diamants n'étaient pas cachés à l'intérieur.

— Et qu'est-ce qui me prouve qu'ils n'y étaient pas ? protesta l'héritier.

— Notre présence ici, répondit Legendre, qui le jugea plus intéressé qu'intéressant.

Isidore Beautrelet poursuivit son développement. Il était logique d'imaginer qu'Aristide s'était arrangé pour que seules ces deux personnes soient en mesure de situer les diamants, à condition de s'allier : la nonne détiendrait la bible enluminée, et le neveu, la boîte de haricots.

— Il ne vous a rien envoyé d'autre ? demanda Legendre.

— Non. Enfin, il y avait une lettre dans la bible, mais elle n'est pas de lui.

— De qui donc est-elle ?

— D'Edgar Allan Poe.

André Papadopoulos leva le sourcil.

— Il vous a envoyé une lettre d'Edgar Poe ?

— Elle était coincée entre deux pages.

— Et où est-elle, cette lettre ? demanda Legendre.

— Je l'ai rendue à son propriétaire légitime.

— Mais je n'ai rien reçu ! s'insurgea le neveu.

— Elle avait été dérobée aux Archives nationales, je l'y ai déposée.

— Et que disait-elle ? demanda Papadopoulos. Elle n'aurait pas indiqué l'emplacement des diamants, par hasard ?

— Non. Elle date de 1848. Poe y remercie Charles Baudelaire d'avoir traduit un de ses textes.

Le valet d'hôtel avait mis les récits de voyages en pile pour les emporter avec le reste.

— Aristide était-il un grand lecteur? demanda Beautrelet à Incarnacion.

— Oh oui! Cinq minutes tous les soirs pour s'endormir.

— Ça ne doit pas suffire à vous constituer une vaste culture classique. Il n'y a pas ici un seul roman. S'il n'en lisait pas, pourquoi s'approprier un autographe d'un romancier américain? Et pourquoi le faire inclure dans une bible?

— Qui est ce M. Poe? demanda Adonie.

— Un tordu qui écrivait des horreurs, répondit Papadopoulos.

Beautrelet leur rappela que Poe était surtout connu pour une nouvelle intitulée *Le Chat*. Ils regardèrent autour d'eux. Point de chat. Poe avait aussi écrit *La Chute de la maison Usher*.

— C'est la chute de la maison Lepère, dit Incarnacion.

— Nous pourrions écrire à cet auteur pour lui demander son avis, suggéra Legendre.

Beautrelet haussa les épaules.

— Il faudrait faire parler les guéridons, il est mort depuis soixante-dix ans. Il a aussi écrit l'une des premières histoires de détectives, *La lettre volée*.

— Qu'est-ce que cela raconte? demanda Adonie.

— Il s'agit d'une lettre que tout le monde cherche, qui est visible par tous, mais de telle manière que nul n'y prête attention.

Un silence accablé suivit ces mots. André Papadopoulos ouvrit un coffret en acajou et s'alluma un cigare dont le défunt n'avait plus l'usage.

— Ça ressemble à un mode d'emploi, non? dit-il entre deux bouffées.

— Il est à moi, ce cigare? couina l'héritier.

La lumière se fit chez tous les autres. Le secret de la cachette aux diamants n'était pas inscrit dans la bible; mais la bible contenait une « lettre volée ». Voilà l'indice! Le message était : « La meilleure cachette est la plus anodine. »

Legendre frémissait comme un teckel sur la piste d'un lapin.

— Ça ne doit pas être difficile à trouver, des diamants : ça brille!

Sa façon de chercher suggéra que lui, en revanche, ne brillait pas par la subtilité. Un second fauteuil fit les frais de sa curiosité et finit en morceaux.

À présent, ils en étaient sûrs : les diamants étaient sous leur nez, ils trônaient au milieu d'eux depuis toujours sans que quiconque les voie. Incarnacion rouvrit le bar à la recherche de quelque chose de rouge qui ne fût pas en diamant et qu'elle aurait plaisir à boire. Les bouteilles formaient un véritable arc-en-ciel de poisons lents : un curaçao bleu, une absinthe verte, un Campari rouge vif, un cognac orangé, une gentiane jaune, un whisky miel, un rhum marron, une sambuca rosée, un anis blanc, une vodka iceberg, un arak gris, un pastis laiteux… et un liquide rouge sombre dont elle s'empara pour s'en verser un fond de verre.

— Qu'est-ce que c'est? demanda Beautrelet.

— Une variante argentine du Fernet Branca, répondit la danseuse de tango. C'est particulier mais j'y ai pris goût. Aristide m'en offrait une goutte, le soir, après dîner. Il paraît que ça aide à digérer. À mon avis, ça grille les parasites.

— Avec quoi est-ce fait ?

Incarnacion lui tendit la bouteille et chacun aperçut l'étiquette « *Frijol argentino* » ornée d'une frise rouge. En regardant de tout près, on pouvait voir que la frise était formée d'une ribambelle de haricots.

Beautrelet s'empara de la bouteille et la secoua. On ne voyait rien, on ne sentait rien, on n'entendait rien.

— Passez-moi des verres ! ordonna-t-il. Chacun le sien !

Il y versa le liquide jusqu'à ce qu'il n'en reste rien.

— Surtout ne buvez pas ! C'est une boisson à un million !

Chacun entreprit de mirer son verre par transparence.

— Rien ici, dit Legendre.

— Je n'ai rien dans le mien, dit Adonie.

— Chou blanc, dit Papadopoulos.

— Encore un billet perdant, dit Incarnacion.

Beautrelet ne disait rien, il touillait son breuvage à l'aide d'une des petites cuillers en vermeil. Quand il la retira, elle contenait trois pierres exactement de la même teinte que la boisson, qui luisaient dans la lumière du jour.

Les chasseurs de trésors se changèrent à l'instant en une meute de vampires au regard rougi.

— Montrez ! dit Papadopoulos.

— Halte-là ! dit Legendre.

— Je fais condamner par voie judiciaire le premier qui touche à mon héritage ! prévint le neveu.

Beautrelet déposa sur un plateau d'argent les trois pierres aux reflets écarlates.

— C'est beau ! dit Incarnacion. C'est beau comme…

— Comme un million de francs or, répondit Papadopoulos.

Adonie fut la première à reprendre ses esprits.

— Avec tout ça, on ne sait toujours pas qui est l'assassin.

— On s'en fiche ! répondirent tous les autres.

22

Les femmes et les assassins d'abord !

Ils trinquèrent à l'alcool de haricots pour faire diversion à la découverte des diamants, dont l'éclat sanglant les hypnotisait tous. Le vrai neveu s'étonna de les voir si contents.

— M. Beautrelet, ici présent, a promis un pourcentage à chacun de nous, expliqua Papadopoulos.

— Il s'agissait surtout de m'aider à attraper Lupin, leur rappela l'intéressé, et cet objectif n'a pas encore été atteint.

La voix aigrelette de l'héritier mit fin à ces négociations.

— Je ne suis pas comptable des dettes contractées par mon alter ego ! Fripon ! ajouta-t-il à l'intention de celui qui se permettait de dilapider le trésor sur des motifs futiles.

Ayant remarqué que Joséphin Legendre ne parvenait pas à détacher son regard des pierres précieuses, il jugea plus prudent de les remettre dans leur sachet.

— Non, laissez-les sur cette table, dit Beautrelet. Là, au moins, tout le monde les voit, on sait où ils sont. Dès que nous ne les aurons plus sous les yeux, Dieu sait où ils finiront ! Dans la poche d'Arsène Lupin, dans l'une des nôtres, ou même dans celle de l'assassin !

— Tiens, à propos, où est-il, celui-là ? dit Adonie. Je croyais que ce trésor donnait envie de tuer.

Incarnacion avait une théorie. Puisque le gentleman cambrioleur ne s'était pas montré et qu'il les avait laissés remonter la piste sans intervenir, une seule conclusion s'imposait : il était parmi eux.

— Vous croyez ? dit Adonie Bonnefille.

Son regard passa de l'un à l'autre avec une avidité d'un nouveau genre. Incarnacion pouvait être éliminée, mais quid de Papadopoulos, de Legendre et de Beautrelet ? Le vrai neveu dévisageait tout le monde comme un lapin pris dans les lampes d'une automobile.

— Où suis-je tombé..., murmura-t-il avec horreur.

— N'oublions pas le petit personnel, dit Legendre en désignant la seule personne qui ne s'était pas mêlée à leur conversation.

À l'autre bout de la pièce, le valet continuait d'emballer avec soin les possessions du mort dans du papier de soie. On se tourna vers lui.

— Vous n'êtes pas Arsène Lupin, mon brave ? lui lança Papadopoulos.

— Non, monsieur, répondit l'interpellé sans interrompre son travail.

Seule Incarnacion continua de l'observer longuement.

— Avez-vous songé que l'assassin pourrait être Albert Lenfant, revenu clandestinement en France pour se venger? demanda-t-elle à la cantonade.

— Allons! dit l'héritier. La police est trop bien faite! Elle l'aurait repéré! Où aurait-il pu se cacher, d'ailleurs?

Papadopoulos haussa les épaules.

— Vu ses mœurs, dans un cabaret de travestis, sous un nom d'artiste du genre « La Grande Zaza, reine des emplumés ».

Il y eut un bruit derrière eux. Un bibelot était tombé sur le parquet. Il avait échappé aux mains du valet qui l'emballait.

— Oh, quel malheur! dit ce dernier.

Comme il se penchait pour ramasser les morceaux du guépard en terre cuite typique de l'artisanat uruguayen, sa manche remonta le long de son bras, où apparut un dessin à l'encre.

— Qu'est-ce que vous avez là? lui demanda Beautrelet.

— Où ça? répondit le valet en regardant autour de lui.

Le jeune homme lui saisit le bras et retroussa la manche. Le dessin représentait un cœur orné d'un A.

— Ce n'est pas le genre de tatouage que se font les bagnards, ça? demanda-t-il.

Papadopoulos pointa son cigare vers Incarnacion.

— Tu ne m'as pas dit que le vieux en avait un du même genre?

— Peut-être..., répondit la danseuse. C'est possible. Quelque chose comme ça. J'ai vu ses fesses de plus près.

Elle devenait très évasive pour une personne habituellement si résolue. Beautrelet ne lâchait pas le bras de l'employé en livrée.

— Vous auriez aussi bien pu vous faire tatouer « Où sont mes diamants ? », ça n'aurait pas été moins clair.

Il apostropha la fausse bonne sœur.

— Depuis le temps que cet homme est dans cette pièce, vous n'aviez pas reconnu votre Alberto du dancing ?

— Non, non, répondit-elle sans conviction.

— Je t'ai connue meilleure menteuse, ma chère, dit Papadopoulos.

— Oui, bon, admit Incarnacion.

Elle avait eu un doute à son sujet trois secondes avant eux, lorsqu'il avait souri. La dentition d'Aristide était du même genre : parfaite. Les forçats sortaient du bagne édentés à cause des mauvais traitements, du manque d'hygiène et des carences alimentaires. Ces deux-là avaient dû fréquenter le même dentiste de Buenos Aires, il leur en avait vendu de fausses encore plus belles que les vraies.

— Elle comptait négocier avec lui au cas où il aurait eu les diamants ! dit Legendre. C'est ça, chérie ?

— Elle te zut, répondit la danseuse.

Le neveu avait besoin d'une mise au point, il comprenait de moins en moins.

— Ce petit employé aurait donc un rapport avec mon oncle ? Que signifie cette histoire de cœurs et de A ?

— Que tonton avait des mœurs parallèles. Je vous présente la veuve, dit Papadopoulos en désignant le valet. Vous pouvez l'appeler « ma tante ».

Le neveu tordit le museau comme si un remugle avait empuanti sa belle suite princière.

— Tonton ? Un inverti ? Vous plaisantez ? Il n'y a jamais eu de ça dans la famille !

Cette nouvelle lui semblait beaucoup plus choquante que celle du séjour au bagne.

— Si vous êtes déçu, vous n'avez qu'à refuser l'héritage, suggéra la nonne à talons.

Des forçats, des invertis, et maintenant des propos sarcastiques ! C'en était trop pour l'héritier. Drapé dans les principes moraux de la haute société à laquelle il appartenait depuis un quart d'heure, il se leva.

— Je suis las de ces abominations, je me retire.

Il tendit la main vers les diamants rassemblés sur la table basse, mais plusieurs autres mains l'empêchèrent de s'en emparer.

— Minute ! dit Legendre. Si ce valet est Albert Lenfant, il doit aussi être l'assassin…

— Pourquoi aurait-il tué un homme qu'il aimait ? demanda Adonie.

Le valet brandit le Smith & Wesson d'Aristide qu'il était censé emballer. Son petit calibre ne rendait pas cette arme moins inquiétante. Il jeta un sachet en coton sur la table basse.

— Ils sont à moi, dit-il en désignant les diamants. Mettez-les là-dedans !

L'héritier poussa un cri déchirant.

— Voleur !

— C'est ton oncle qui était un voleur ! répliqua Albert Lenfant. Ces pierres ne lui ont jamais appartenu ! Il m'a trahi ! Il me laissait croupir dans l'autre hémisphère pendant qu'il menait la belle vie ici !

— Et Zébulon ? demanda la danseuse d'une voix sombre. Il vous avait aussi volé quelque chose ? Pas vos diamants, en tout cas !

— Ce porc était venu me faire chanter, il réclamait sa part. Au bagne, les maîtres chanteurs, on leur coupe le cou avec un couvercle de boîte de conserve.

Le regard de l'héritier se posa avec anxiété sur la boîte de haricots rouges posée devant lui.

— Méfiez-vous, il a tué Lepère ! dit Legendre.

— Il aura mal lu les livres de ce médecin viennois à la mode, ce Dr Freud, dit Papadopoulos.

— Il a tué Cousin ! renchérit Legendre.

— Nous sommes chez les Atrides, dit Beautrelet.

— Ne me faites pas la leçon, dit Albert Lenfant, je n'ai fait que protéger mon bien ! C'est vous qui êtes des voleurs ! Tous !

— Ça, c'est bien vrai ! approuva l'héritier. Mais d'où sort cet individu, enfin ?

Beautrelet résuma le cas Lenfant selon les renseignements qu'il avait recueillis au fil de ses recherches. Quelques années plus tôt, cet homme avait commis un détournement de fonds. Il avait échangé le butin contre ces diamants rouges et les avait cachés, mais il avait été arrêté, condamné et envoyé au bagne, où il avait rencontré Aristide.

— Ils ont fondé une association sur la nature de laquelle je ne m'étendrai pas, dit Beautrelet : il y a des dames dans la pièce.

Adonie interrogea tout le monde du regard.

— Ils couchaient ensemble, traduisit Incarnacion, un verre à la main. Je ne m'étonne plus qu'Aristide ait si bien résisté à mes charmes.

— Ah, dit Adonie. Vous pouvez parler français, je ne sors pas du couvent.

— Moi non plus, dit la femme à la coiffe empesée.

Ces révélations la rassuraient. On ne pouvait rien contre la nature. Les invertis, elle connaissait, ça ne manquait pas chez ses collègues du dancing. Cela expliquait que Lenfant-Alberto ait assidûment fréquenté la salle de bal.

— J'ai connu Zébulon à l'Alcazar, expliqua ce dernier. Je lui en ai trop dit, il savait que je travaillais à l'Élysée-Palace et que j'avais été bagnard. Aux premiers soupçons, il est venu voir ce qu'il pouvait tirer de moi. Encore un petit salaud qui avait l'intention de presser le fruit et de jeter l'écorce !

Ces pénibles souvenirs accroissaient sa nervosité. Lenfant tenait le pistolet de la main droite et un coupe-coupe de la main gauche. Aucune des personnes présentes n'avait envie d'apprendre de laquelle il était le plus habile. Le bagne avait changé le financier véreux en meurtrier récidiviste.

— Triste bilan pour l'administration pénitentiaire ! dit Papadopoulos.

— Le bagne n'est pas une maison de correction, dit Lenfant. On est censés crever là-bas, des fièvres ou des mauvais traitements. Si on s'entretue, c'est tant mieux pour les autorités !

— Vous n'avez pas la reconnaissance des bontés que la République a eues pour vous ! le gronda Lorphelin.

Isidore Beautrelet avait une vision plus fine des événements.

— Ce que l'administration n'avait pas prévu, c'est votre alliance avec Aristide Lepère. Elle n'avait pas imaginé que deux bonshommes seraient suffisamment soudés et motivés pour réussir à traverser la forêt tropicale en évitant les alligators, les piranhas et les autres bestioles.

— Ah, l'amour ! dit Adonie. Qu'est-ce qui vous a dessoudés ?

— Les diamants, chère mademoiselle, dit Papadopoulos. Il n'y a rien de plus dur au monde. On s'en sert pour forer la roche. Le cœur est bien tendre en comparaison.

— Passez-les-moi ! ordonna une nouvelle fois l'employé du palace, qui transpirait.

— Vous ne sortirez pas d'ici, prédit Incarnacion. Si vous tirez, les détonations attireront vos collègues. Et si vous quittez cette pièce, nous appellerons au secours par les fenêtres.

— C'est donc ce chemin que je dois emprunter, dit Lenfant en saisissant le sachet que Legendre s'était résigné à lui tendre. Comme Lupin la nuit du crime !

Il fourra le sac dans l'une de ses poches, ouvrit la fenêtre et sauta à l'aplomb de la marquise qui abritait du soleil les baies vitrées du rez-de-chaussée. Une fois en bas, il n'aurait qu'à se mêler à la foule pour disparaître.

Ils entendirent un bruit affreux. Massés contre les appuis en fonte ouvragée, ils virent le corps de Lenfant étendu sur le trottoir où il venait de s'écraser. En bas, des ouvriers contemplaient l'horrible spectacle, des outils dans les mains.

— Qu'est-ce qui lui a pris ? dit l'un d'eux. C'est un suicide ?

Certes, Lupin avait réussi à s'enfuir de cette manière, le soir où Aristide Lepère avait été assassiné, mais cet exploit avait endommagé la marquise. On procédait à son remplacement, l'ancienne venait d'être démontée.

Le directeur surgit hors du palace, vit le cadavre et commença à s'arracher les cheveux qui lui restaient.

— Encore un qui plonge par mes fenêtres ! Ce n'est pas la tour Eiffel, ici ! Certains devraient aller dormir à Sainte-Anne !

— C'est un de nos employés, monsieur, dit le chasseur à la vue de la livrée dont le mort était revêtu.

Le directeur donna des ordres pour soustraire cette vision d'horreur aux passagers de l'Orient Express qui n'allaient pas tarder à arriver de la gare de l'Est. Il envoya chercher une nappe au restaurant et se posta lui-même devant le corps avec trois grooms en rang d'oignons sommés de sourire aux promeneurs qui longeaient l'avenue.

Informée qu'il y avait de nouveau du grabuge à l'Élysée-Palace, ce bouge, la police surgit avec fourgon et cornes de brume pour la deuxième fois du mois. Sa première mesure consista à bloquer les issues. Le vestibule fut bientôt encombré d'industriels et de baronnes outrés qui protestaient dans toutes les langues.

Le directeur eut envie de sauter à son tour par une de ses fenêtres pour voir ce que ça faisait.

23

Chapeau melon et pile de livres

Joséphin Legendre laissa les autres à la fenêtre et se dirigea vers la porte de la suite.

— Bien. Je ne vois pas l'utilité d'attendre l'irruption de la force publique. Je vous souhaite le bonsoir, messieurs dames.

— Un petit instant ! dit Papadopoulos. Où sont les diamants ?

— Mais... Dans la poche du bagnard volant ! Vous l'avez bien vu les prendre !

— Je l'ai vu prendre un sachet en toile que tu lui tendais, je n'ai aucune certitude sur son contenu.

Legendre pressa sur la poignée, mais la porte était fermée à clé. Albert Lenfant avait dû les enfermer pour s'assurer que les diamants et lui resteraient dans la même pièce.

On n'eut pas à fouiller longtemps l'avocat pour découvrir les diamants. Il avait profité de l'émoi général pour les faire glisser dans sa main. Albert Lenfant n'avait même pas réussi à mourir avec son trésor, il s'était tué en fuyant les conséquences de ses actes comme n'importe quel pauvre homme.

Le coffre d'Aristide recelait des sachets du même genre. On versa les pierres dans l'un d'eux, qui passa de main en main sans que les chercheurs d'or parviennent à se mettre d'accord.

— Où est la clé ? dit quelqu'un.

— Où sont les diamants ? dit un autre.

— Police ! Ouvrez ! dit une voix dans le couloir.

— Nous sommes enfermés ! répondit Beautrelet. Vous n'avez qu'à enfoncer la porte !

— Non ! dit le directeur sur un ton implorant.

Tandis que ce dernier courait pêcher la clé dans les poches du mort, le sachet continua de faire le tour de la pièce de main en main. Le neveu était le plus acharné.

— C'est à moi ! cria-t-il à Legendre, qui tenait le trésor à bout de bras.

Papadopoulos se résigna.

— Rends à Lorphelin ce qui est à Lorphelin, dit-il à son complice. Tu veux vraiment que la police trouve sur toi le butin de l'assassin ?

En désespoir de cause, Legendre abandonna le sachet à son propriétaire. Lorphelin l'ouvrit pour vérifier le contenu.

— Je les aurais crus plus gros, dit-il, un peu déçu.

— Ce n'est pas la taille qui compte, l'informa Incarnacion. On a dû vous le dire souvent.

La clé enfin insérée dans la serrure, Ganimard et l'inspecteur Béchoux surgirent dans la pièce, la moustache en alerte.

— Où est Lupin ? clama le commissaire.

Tout le monde désigna du doigt le neveu aux diamants, qui était si antipathique.

— Qui êtes-vous, vous ? dit Ganimard.

— Je suis Ferdinand Lorphelin !

Les deux policiers considérèrent le postulant héritier qu'ils avaient devant eux. Le sourire de Ganimard dévoila une de ses canines.

— Pas du tout réussi, ton déguisement, Lupin ! Cette fois tu t'es loupé ! Je connais le vrai Lorphelin, il est plus grand ! Plus maigre ! Plus jeune !

Béchoux approuvait du menton. M. Lorphelin jugea urgent d'exhiber son permis de conduire où figurait sa photographie.

— Je vois que tu t'es acheté une imprimerie ! dit Ganimard. Bravo ! Tu t'équipes ! Tu vas nous expliquer tout ça à la Sûreté !

— Puisque je vous dis que je suis l'héritier !

— Il a les diamants sur lui, leur indiqua Incarnacion.

Béchoux plongea les mains dans la veste du neveu et en retira en effet la petite bourse aux diamants. Ainsi qu'une carte de visite au nom d'Arsène Lupin. Ganimard exultait.

— Tu t'es trahi ! Tu es cuit ! Au fourgon ! Au fourgon !

Béchoux mit le sac de diamants en sécurité dans sa propre poche, au grand dam de ceux qui s'étaient donné tant de mal. Comme on emmenait le malheureux héritier, Beautrelet s'interposa.

— Vous savez, je ne crois pas que cet homme soit Arsène Lupin. Le M. Lorphelin plus grand dont vous parlez, c'était moi.

Ganimard jaugea Beautrelet, dont la figure lui rappelait en effet un vague souvenir. Il y avait là-dessous un cas patent d'usurpation d'identité.

— Lui aussi, au fourgon ! dit-il en désignant le jeune homme.

— Lâchez mon fiancé ! s'écria Adonie Bonnefille.

— Au fourgon ! répliqua Ganimard en désignant la jeune femme. Quelqu'un a-t-il encore des objections ?

Son regard tomba sur les escarpins rouges à talons hauts de la bonne sœur assise dans le canapé. Les jambes croisées, elle sirotait un liquide ambré qui n'avait pas l'air d'être de la tisane. Les deux derniers escogriffes, le grand au cigare et le petit à la mine chafouine, ne lui inspirèrent pas confiance non plus.

— Envoyez-moi tout ça au Quai ! dit-il avec un geste général. Fourgon pour tout le monde !

Une fois les deux policiers seuls dans la suite, Béchoux sollicita des éclaircissements.

— Vous croyez vraiment que ce Lorphelin est Arsène Lupin, patron ?

À dire le vrai, Ganimard avait du mal à imaginer que son pire ennemi se serait trahi si sottement. Surtout, Lupin ne se serait pas acoquiné avec cette équipe de bras cassés qui sentaient la crapule à dix mètres. Ce qui était sûr, c'était que lui, Ganimard, avait brillamment résolu l'affaire des deux meurtres et récupéré le butin.

Béchoux acquiesça en silence, quoiqu'il n'ait pas bien vu à quel moment cette résolution avait été brillante. En tout cas, il était heureusement surpris de savoir le crime du palace élucidé et les diamants en sécurité dans son veston.

— L'enquête est dans la poche, patron !

— Et l'affaire est dans le sac ! répondit Ganimard, fort satisfait.

Les deux hommes se firent ensuite expliquer par le directeur pour quelle raison il y avait un macchabée sur le trottoir. On n'avait pas fini de leur conter le drame de la marquise et du plongeur quand survinrent deux bonshommes à la mine constipée, dont un se déclara homme de loi. Me Aumaric Filleul était venu appuyer les revendications de son client, qui était en droit de réclamer la propriété de tout objet se trouvant dans la suite.

— En qualité de quoi ? demanda Ganimard.

— En sa qualité de neveu d'Aristide Lepère. Je vous présente M. Ferdinand Lorphelin.

Il déploya plusieurs documents qui attestaient cette identité, dont un passeport décerné par la préfecture de Paris et réputé infalsifiable : il portait un tampon à l'encre bleue où l'on pouvait lire « République Française ».

M. Lorphelin présentait une ressemblance avec les deux précédents titulaires du rôle, mais son teint tirait plus nettement sur le jaune, il était à moitié chauve et portait des lorgnons poussiéreux. Béchoux, qui avait l'habitude de ne pas en croire ses yeux, avança la main pour tirer sur les trois poils de barbe qui ornaient le menton du prétendant à l'héritage. Tout ce qu'il parvint à arracher à leur possesseur fut un cri.

— Qu'est-ce que c'est que ce micmac..., dit Ganimard d'une voix blanche.

— J'ai été trompé ! déclara l'héritier. J'ai accordé ma confiance à un fripon !

Il expliqua comment il avait autorisé un nommé Beautrelet à se faire passer pour lui l'espace de quelques jours afin de faciliter l'arrestation du bandit connu sous le nom d'Arsène Lupin. Sans nouvelle dudit Beautrelet, sa confiance en cet individu s'était émoussée. Il lui tardait à présent d'entrer en possession de ses biens, que l'on disait immenses.

— Moins mes honoraires, précisa le notaire.

— Un fripon ! répéta M. Lorphelin.

Les deux policiers se remémorèrent la conversation qu'ils avaient eue avec les deux Ferdinand quelques minutes plus tôt. Si l'un était Beautrelet comme il l'avait prétendu, qui était l'autre ?

— Mais alors... Lorphelin, c'était...

Béchoux versa dans sa main le contenu du sac aux diamants qu'il avait empoché. Il n'y avait là que trois haricots rouges et un petit carton blanc.

— Je vous lis ce qui est écrit, chef ?

Ganimard était aussi rouge que les haricots.

— Arsène Lupin !

Le commissaire avait le don de lire à travers le dos des cartes de visite.

— Qu'est-ce à dire ? demanda le neveu. Aurais-je été spolié ?

— Ne vous alarmez pas, dit le notaire. Vous pouvez déjà entrer en possession des autres biens de feu votre oncle. Tout est à vous.

Le directeur fut particulièrement ravi de l'entendre, il avait craint de devoir encombrer ses placards.

— Justement, un de mes employés a tout emballé pour vous.

On plaça entre les mains de l'heureux héritier deux gros paniers remplis de récits de voyage, de vieilles statuettes en terre cuite et de vêtements usagés.

— Aux imbéciles les mains pleines, dit Béchoux.

— On dit « Aux innocents les mains pleines », corrigea le notaire.

— Oui, c'est la version polie, mais aujourd'hui il n'y a plus d'innocents.

Ferdinand Lorphelin contemplait le tas de cochonneries dont on l'avait lesté.

— Artisanat sud-américain, commenta le directeur. Votre oncle y tenait beaucoup. Je vous présente mes condoléances.

Le neveu était sans doute trop bien élevé pour répondre ce qu'il pensait, mais, dans son regard, on pouvait lire : « Allez vous faire foutre ! »

— C'est ça, mon héritage ?

— Moins mes honoraires, lui rappela le notaire.

M. Lorphelin lui prodigua le même regard qu'au directeur.

24

Aide-toi, Lupin t'aidera !

Le fourgon cellulaire s'arrêta dans une petite rue déserte. Le chauffeur se tourna vers ses passagers.

— Vous descendez ici où vous souhaitez être raccompagnés à domicile ?

Nul n'avait envie de rentrer chez lui dans cet équipage. Ils descendirent tous du panier à salade-taximètre-tapis volant, qui s'éloigna en grinçant comme un véhicule entretenu par l'administration.

— Si j'ai bien compris, nous pouvons faire une croix sur les diamants, dit Legendre avec une ultime pointe d'espoir. Pas même un petit dédommagement pour notre peine ?

— Je ne donne pas de pourboires à mes concurrents malchanceux, répondit Lorphelin alias Arsène Lupin en ôtant la fausse barbiche qui le grattait depuis deux heures.

Sa voix n'avait plus l'aigreur fluette du faux héritier. Legendre et Papadopoulos sentirent qu'il y aurait du péril à insister et s'éloignèrent d'un pas rapide, peu désireux de tomber sur les forces de l'ordre après avoir échappé aux forces du mal.

Les autres s'en allèrent plus tranquillement, Lupin et Beautrelet devant, suivis d'Incarnacion et d'Adonie.

— Si je comprends bien, tout cela n'était finalement qu'une partie d'échecs entre vous deux, dit celle-ci.

— Vous comprenez parfaitement, répondit Lupin. N'est-ce pas, Isidore ?

— Depuis quand saviez-vous que je jouais le rôle de Lorphelin ? demanda le jeune homme.

Lupin ne répondit pas tout de suite. La vue de ce grand garçon de vingt-sept ans lui rappelait l'Isidore Beautrelet qu'il avait affronté dix ans plus tôt, ce jeune élève de rhétorique[1]. Il s'était allongé, étoffé, avait une silhouette plus élancée et avait perdu ses bonnes joues rebondies. En revanche il avait conservé son sens de l'observation et son esprit de déduction sans se départir de sa timidité. Son goût de l'imposture lui était resté aussi. Déjà, à l'époque, il n'avait pas hésité à se faire passer pour un journaliste afin d'enquêter sur les cambriolages de son malfaiteur favori. Il devait avoir conservé la nostalgie de leur petit jeu du chat et de la souris pour s'être lancé dans cette aventure.

— Vous pensez à notre rencontre à l'aiguille creuse ? supposa Beautrelet.

— Tu avais fait preuve de grandes facultés de nuisance, admit Lupin. Tu m'avais dénoncé à la presse, tu avais démontré que j'étais blessé, tu avais dévoilé

1. Équivalent de la classe de première.

mes plans pour feindre ma mort et tu avais découvert ma meilleure cachette ! Pire que tout, tu avais révélé au grand public le nom de la femme dont j'étais amoureux ! Un vrai petit caillou dans ma chaussure ! Cette fois, j'ai décidé que ce serait moi qui t'utiliserais.

— Au moins, je n'ai jamais prétendu que vous étiez un assassin.

— Bien sûr ! dit Lupin. Tu es la preuve vivante que Lupin ne tue jamais ! Et, crois-moi, il faut de la force d'âme pour résister à l'envie, quand on t'a dans les pattes !

Beautrelet resta rêveur.

— Je me demande si je serais capable de compter tous les rôles que vous avez endossés au cours de cette affaire.

— Essaye donc.

Beautrelet chercha dans sa mémoire pour remonter au début de cette histoire, mais Adonie le prit de court.

— C'était lui ton concierge. Celui qui m'a ouvert deux fois ton appartement. Il portait une perruque blanche et sentait la vieille pipe, mais il avait le même regard.

— Un point pour Mlle Bonnefille, dit Lupin. Garder la loge me permettait de rester tout près et de glisser dans tes poches les objets dont tu allais avoir besoin pour surmonter les obstacles qui t'attendaient.

— Le billet des *Folies de Patagonie*, c'était vous ! dit Beautrelet. C'est vous qui m'avez fourni cet alibi pour la nuit où M. Lepère a été assassiné !

— Bien sûr ! Si Ganimard t'avait fait inculper dès le premier jour, tu n'aurais pas pu retenir l'attention de nos amis les comploteurs comme tu l'as si bien fait !

Incarnacion se prêta au jeu.

— Quand Papadopoulos a fait semblant de vouloir te frapper avec son parapluie, un clochard s'est interposé avec un manche à balai…

— Un point pour Incarnacion, dit Lupin.

Beautrelet se rappela le livreur de lait grâce auquel il avait échappé à son poursuivant après le rendez-vous sur la tour Eiffel.

— Le camion du laitier, dit-il.

— Un point pour toi, répondit Lupin.

— Le chariot à bagages de l'Élysée-Palace ? ajouta Beautrelet.

— Deux points, dit Lupin.

Lupin avait déplacé cette montagne de valises afin de permettre au faux héritier de gagner la sortie sans être vu de Béchoux, qui était sur le point de découvrir le cadavre de Zébulon.

— Et le faux Legendre, bien sûr, conclut Beautrelet.

Seule une intervention lupinesque avait pu le tirer des geôles de la Sûreté. Arsène s'était fait passer pour l'avocat, si bien que Beautrelet avait été fort surpris de se voir présenter un second Legendre à l'agence Pinkerton.

— Et le malaise du patient dans le cabinet du Dr Gamin ? C'était vous ?

— Sans cela, jamais tu n'aurais pu consulter le dossier médical de l'oncle Aristide, répondit Lupin.

Incarnacion était époustouflée par les performances de l'homme-caméléon.

— Vous avez conclu en beauté vos mystifications en surgissant à l'Élysée-Palace déguisé en héritier. Bravo !

Lupin crut percevoir, chez la danseuse de tango, une admiration pour ses actes délictueux qui jurait avec l'habit de religieuse.

— Je suppose que vous avez glissé dans la poche d'Isidore le passe-partout qui nous a permis de fuir l'agence Pinkerton, dit Adonie. En fait, nous n'avons été que des pions sur votre échiquier.

— Et vous m'avez fait mat, admit Beautrelet.

— Tu n'aurais pas dû t'en mêler, mon petit Isidore, dit Lupin. La vengeance est mauvaise conseillère. J'en sais quelque chose.

Beautrelet soupira.

— Cela aussi, vous l'avez deviné ? Oui, j'aurais aimé vous punir.

— Justes cieux ! Me punir de quoi ? demanda le gentleman cambrioleur.

— Vous avez fichu ma vie en l'air avec cette énigme de l'aiguille creuse. Tout m'a paru insipide, après ça. Même Virgile[1].

Lupin parut éprouver un peu de peine à son égard.

— As-tu entendu parler du Dr Kloucke ? C'est un magicien. Il prend un patient complètement à côté de la plaque et le remet à neuf avec des mots !

— Vous comptez le consulter bientôt ? demanda Adonie. Tu n'as rien à regretter, mon chéri, dit-elle au jeune homme. Ton intelligence et ton caractère

1. Poète romain auteur de l'*Énéide*.

indépendant t'auraient porté à rejeter l'autorité, de toute façon.

— Excellente analyse, dit Lupin. Vous êtes dans la médecine ?

— Mieux que ça : je suis dans la manucure. On sort de chez moi calmé ET avec de beaux ongles.

Incarnacion se sentait mise de côté par tout ce petit monde qui s'envoyait des fleurs.

— Avec tout ça je me retrouve le bec dans l'eau. Vous ne prévoyez pas de faire un don aux œuvres pieuses ? demanda-t-elle au gentleman diamantaire.

Lupin lui offrit déjà son bras.

— Vous accepterez bien une coupe de champagne, ma sœur ?

— Où ça ?

— Où vous voudrez. Nous sommes à Paris : cette ville compte davantage de grands crus que les chais autour de Reims. Vous n'avez qu'à choisir l'année.

— Le 1894 est excellent, c'est ma date de naissance.

— Entendu.

Il ne restait qu'à espérer que le vin serait moins frelaté que les vingt-cinq ans qu'elle affichait. Elle ôta sa coiffe, révélant une épaisse chevelure d'un roux flamboyant. Beautrelet eut une révélation.

— J'aurais dû m'en douter ! Incarnacion était votre complice depuis le début !

— Pas du tout, répondit Lupin. J'ai juste envie de me laisser convertir au tango.

Incarnacion tapota la joue du jeune homme.

— Monne pétite Beautrelette ! Détends-toi donc ! Occupé-toi ploutôt dé ta yolie fiannecée !

La danseuse et le cambrioleur marchèrent bras dessus bras dessous jusqu'à un splendide coupé Panhard & Levassor carrossé lie-de-vin et gris perle dont le chauffeur leur ouvrit les portières. Beautrelet toqua à la vitre, que Lupin abaissa.

— Vous m'avez manipulé pour mettre la main sur les diamants !

— Mais non, Isidore. Je n'avais pas besoin de toi pour ça. Je t'ai manipulé pour que tu dises maintenant à tout le monde que je n'ai pas tué Aristide Lepère. Je n'aime pas lire mon nom et le mot « assassin » dans la même phrase.

Beautrelet s'insurgea.

Lupin se contenta de remonter sa vitre, et le beau véhicule emporta ses passagers vers la meilleure cuvée 1894 disponible à Paris.

Beautrelet ne se consolait pas d'avoir été secouru par son ennemi d'un bout à l'autre de cette affaire alors qu'il tentait de le faire arrêter.

— S'il espère que j'irai le disculper chez Ganimard, il se fourre le doigt dans l'œil !

Tout s'était déroulé selon l'adage : « Aide-toi, Lupin t'aidera. »

— Il a agi comme un *Deus ex machina*, murmura le jeune homme.

Adonie le regarda avec désapprobation.

— Voilà que ça te reprend, mon chéri.

— La déprime ?

— Non, le latin.

Pour changer de sujet, elle s'enquit du vrai métier exercé par l'homme qu'elle comptait épouser. Elle espéra qu'il n'était pas gratte-papier dans une petite entreprise de fournitures comme le vrai Lorphelin, ce bonnet de nuit.

— C'est un peu ça mais pas tout à fait, dit Isidore. Je n'ai jamais vraiment menti sur ma profession.

Il avait prétendu qu'il travaillait aux inscriptions, ce que ses interlocuteurs traduisaient par « aux écritures ». En réalité, il était employé à l'Académie des inscriptions et belles lettres comme secrétaire et archiviste.

L'échelle du paradis se déploya devant Adonie.

— Je serai femme d'académicien !

— Non, dit Isidore. Enfin, peut-être un jour. Mais pour l'heure je ne fais que travailler pour eux.

Elle resta rêveuse.

— Ça gagne combien, un académicien ?

— Pas tellement.

— Tant pis : on arrangera ça.

— Quoi donc ? Mon élection ou mes émoluments ?

— Les deux, mon chéri.

Avec l'aide d'Arsène Lupin, rien n'était impossible. Il importait surtout de ne pas contrarier leur futur bienfaiteur. Elle se faisait fort de convaincre Isidore d'aller remettre les pendules à l'heure à la Sûreté.

Elle se demanda si Lupin avait prévu cela aussi.

Composition réalisée par Belle Page
Impression réalisée par
Maury Malesherbes
pour le compte des Éditions J. C. Lattès
en mars 2022

PAPIER À BASE DE FIBRES CERTIFIÉES

LE MASQUE
s'engage pour l'environnement en réduisant l'empreinte carbone de ses livres.
Celle de cet exemplaire est de :
180 g éq. CO_2
Rendez-vous sur www.lemasque-durable.fr

N° d'édition : 01
N° d'impression : 261161
Dépôt légal : mars 2022
Imprimé en France